Du hast es gut!

Widerspenstige Schulgeschichten in der
Edition BoD
hrsg. von Vito von Eichborn

Gabriele
Frydrych

Du hast es gut!

Aberwitz im Schulalltag
Geschichten + Gemeinheiten
über Kinder + andere Besserwisser

Edition BOD

Bücher für Entdecker

Books on Demand bietet Autoren ein neues Verlagskonzept. Viele Debütanten, etablierte Autoren und engagierte Verleger nutzen den Publikationsservice von Books on Demand und bereichern den Buchmarkt mit interessanten und außergewöhnlichen Titeln. Vito von Eichborn, einer der innovativsten Buchmacher Deutschlands, wählt als Herausgeber für die Edition BoD herausragende Neuerscheinungen aus. Lesen Sie selbst, welche Entdeckungen das Programm von Books on Demand möglich macht.

Mehr Infos auch auf www.bod.de.

Gabriele Frydrych wurde in Jena geboren und lebt seit ihrem vierten Lebensjahr in Berlin. Dort studierte sie Slawistik, Germanistik und Publizistik und absolvierte anschließend ihr Referendariat an einem pfälzischen Landgymnasium, bevor sie sich in den Dienst an Berliner Gesamt- und Realschulen begab. Die Einblicke, die sie in den verschiedenen Schulen, Klassen und Kollegien gewann, hält sie seit einigen Jahren in ironischen Glossen fest, die nun als erweiterte Neuausgabe in der Edition BoD vorliegen.

Vito von Eichborn war Journalist, dann Lektor im S. Fischer Verlag, bevor er 1980 den Eichborn Verlag gründete, dessen Programm noch heute ein breites Spektrum umfasst: Humor, Kochbücher und Ratgeber, Sachbücher aller Art, klassische und moderne Literatur sowie die Andere Bibliothek. Nach seinem Ausstieg im Jahre 1995 war er u.a. Geschäftsführer bei Rotbuch/Europäische Verlagsanstalt und sechs Jahre Verleger des Europa-Verlags. Seit 2005 ist Vito von Eichborn selbständig als Publizist tätig und fungiert u.a. seit März 2006 als Herausgeber der Edition BoD.

Inhalt

Meine Buchhändlerin sagte mir, „ja“, sagte sie ... 7
Der Ernst des Lebens ... 11
Das böswillige Altern der Lehrkörper ... 14
Segnungen eines Schullautsprechers ... 16
„Julia, dein Schuh ist offen!“ ... 19
Stammtischpädagogik ... 22
Vertretungsstunden ... 25
Der heimliche Herrscher ... 29
Kleine Tipps für die Karriere ... 32
Elternsprechtag ... 36
„Frau, ich hab Dings!“ ... 40
Privatsache ... 43
Undankbare Gören ... 46
Produktive Unruhe ... 49
Winnetou und Nepomuk ... 53
Messies ... 56
Mea culpa, mea maxima culpa ... 59
Endlich Hitzefrei! ... 62
Methodenkasperle ... 65
Hiermit kündige ich ... 72
Lass sie doch einfach mal trommeln ... 75
„Wir investieren in die Bildung!“ ... 78
Fürs Leben lernen ... 81
Schluss mit der Weiberwirtschaft ... 85
Wenn Schüler plaudern ... 89

Burn-out? Selber schuld! 92
Die Brave 95
Die Made im Speck 98
Schönen Urlaub! 101
Suchtkranke unter sich 106
„Lehrer raus!“ 109
Wir wollen alle ins Fernsehen! 112
Spieglein, Spieglein an der Wand 115
Kaugummikauen macht intelligent 118
Sport ist Mord 122
Neue Lehrer braucht das Land. Mit Eignungstest! 125
Schummeln – aber richtig 131
Werbung in der Schule 134
Masochistische Duldungsstarre 137
Immer nur das Eine 140
Nie wieder Julklapp 144
„Jawohl, euer Ehren!“ 147
Liebe Frau Minister 150
Zurück zur Natur 153
Zeugnisse aus dem Computer 156
Endlich Ferien 159

Meine Buchhändlerin sagte mir, „ja“, sagte sie …

Ja, das Thema Schule könnte durchaus auf Publikumsinteresse stoßen“ (ich frage sie immer bei Buchprojekten und hatte die schreibende Lehrerin Gabriele Frydrych erwähnt) – „aber es müsste etwas Neues sein.

Die Auseinandersetzung um PISA und Gewalt an den Schulen und die Sprachproblematik, die Ausländerfrage, der Autoritätsverlust, die pädagogischen Konzepte, kurz: all die bekannten gesellschaftlichen Probleme wurden in vielen Büchern schon behandelt. Die sind meist trocken, eher für Betroffene als für die breite Leserschaft.

Sagen Sie: Worüber schreibt denn Ihre Autorin?“

„Ja, also, sie schreibt über all diese Themen. Und noch viel mehr.“

„Wie kann das denn gehen? Unmöglich. Da braucht sie ja tausend Seiten. Und wie schreibt sie?“

„Naja, das sind Geschichten.“

„Oje, nein, Erzählungen unbekannter Autoren haben überhaupt keine Chance. Kann die nicht einen Roman schreiben?“

„Immer diese Vorurteile“, empörte ich mich nun.

„Erstens ist das alles unglaublich witzig.

Zweitens ist es klug und scharf beobachtet.

Drittens sind Lehrer – naja, jedenfalls viele von ihnen – gute Buchkäufer. Und hier finden sie sich, mit ihren Problemen und ihrem Alltag, absolut wieder.

Viertens wird in der Öffentlichkeit oft sehr ungerecht mit falschen Klischees über Lehrer und Schule geredet, diese Autorin berichtet von innen.

Fünftens ist all dies natürlich auch eine mitreißende Lektüre für Eltern, auch für ältere Kinder.

Sechstens habe sogar ich bei der Lektüre laut gelacht, obwohl ich seit Jahrzehnten nix mit Kindern und Schule zu tun habe.

Siebtens …"

„Ist ja schon gut", unterbrach meine Buchhändlerin mich. „Das hört sich ja alles ganz schön an. Aber ich bleibe dabei, dass Geschichten nicht gehen."

„Vonwegen Geschichten gehen nicht. Das ist auch so ein Klischee." Ich überlegte, wie ich sie überzeugen könnte – da fiel mir ein, dass man sich bei Buchhändlern am besten auf Bücher beruft, die sie kennen.

„Also gut, wenn Sie mir nicht glauben, lasse ich andere für mich sprechen. Hier mal zwei Leserstimmen aus dem Internet:

„Dieses Buch ist ein ‚Must-have' für alle Eltern! Ich habe so herzlich gelacht und mich in so vielen Situationen wiedergefunden – einfach wunderbar! Unbedingt gleich mehrmals kaufen, behalten und an Eltern weiterschenken!"

Und die nächste: ‚Humorvoller, liebenswerter und treffender kann man das Familienleben (ersetzen durch: die Schule) mit kleinen Kindern nicht beschreiben. Kaum eine Situation die man – so ähnlich – nicht schon selbst mit einem Kind erlebt hat und trotzdem schafft es Hacke (hier: Frydrych), dass einem die Tränen in den Augen stehen – vor Lachen.

Dieses Buch muss man als Eltern (Lehrer) kleiner Kinder besitzen.'

Sie kennen natürlich den ebenso beliebten wie erfolgreichen Autor Axel Hacke.

Also: Was er aus dem Familienleben schildert – erzählt uns Frydrych aus dem Schulalltag."

„Na gut, ich schau mal rein", meinte meine schwer zu überzeugende Buchhändlern, als ich ihr nun die Erstausgabe in die Hand drückte. Sie las hier und da, ihr Mienenspiel wurde immer lebendiger: „Das stimmt ja wirklich! Schon die Stichworte, auf die ich stoße, sind vielversprechend: Kaugummi und Glotze, Schummeln und Jugendsprache, Elternabend und Kollegen, Mode, Klos und Hausmeister … Ich mag Bücher nicht mit Bestsellern von anderen Autoren empfehlen. Ich glaube an die Fähigkeit der Leser, selbst zu entscheiden. Hier fallen mir gleich ganz viele meiner Kundinnen ein, denen ich das so zum Hineinlesen in die Hand drücke, wie Sie es mit mir gemacht haben. Selber lesen macht fett", kalauerte sie nun und lachte.

Für Leser der Erstausgabe sei hier noch angemerkt, dass die Autorin in dieser Neuausgabe der Edition BoD noch eine ganze Reihe neuer Geschichten aufgenommen hat.

Ich garantiere ein Riesenvergnügen.
Wer hier zu lesen beginnt – liest auch bis zu Ende, schwört

Vito von Eichborn

Der Ernst des Lebens

Sechs Uhr morgens. Viel zu früh. Mein Bio-Rhythmus weint leise vor sich hin. Er möchte erst in vier Stunden geweckt werden. Der Rundfunkmoderator zerfließt vor Anteilnahme: „Für unsere armen Kiddies beginnt heute der Schulknast wieder. Hey, Leute, bleibt cool! Vergesst euren Walkman nicht. Dann könnt ihr auch im Mathe-Unterricht ‚Radio Fuck & Peace' hören!" Für mich hat niemand Mitleid. Ich übe kurz vor dem Spiegel Giftblick und Zähnefletschen. Fertig ist der Kinderschreck. Der Besen, auf dem ich zur Schule reite, steht schon im Korridor. Aus dem Fernsehen weiß ich, dass es eigentlich nur zwei Sorten Lehrer gibt: weltfremd, vertrottelt und vergammelt oder arrogant, böse und zynisch. Ich habe mich entschieden: lieber Megäre als Depp!

„Na, wieder mal ein bisschen Schule?", lästert der Zeitungsverkäufer, dessen reizende Kinder ich erziehen und unterrichten darf. „Wann beginnen eigentlich die Herbstferien?", flötet er mir süffisant hinterher. Zwei andere Kunden begleiten meinen Abgang mit unfreundlichem Gebrabbel. Ich höre noch Fetzen wie „Beamtenstatus … widersinnig … mal ordentlich arbeiten … Pisa-Katastrophe …"

Auf dem U-Bahnhof (den Besen habe ich lieber für die nächste Vollmondnacht daheim gelassen) vergesse ich im morgendlichen Tran, mich bis zur Ankunft des Zuges hinter einem Pfeiler zu verstecken. Sofort entdeckt mich die Kollegin mit dem Sprechdurchfall und textet mich zwanzig Minuten lang gnadenlos zu. Sie hatte Glück: Ihre Ostasienreise war schon lange gebucht, bevor unseren Dienstherren die begnadete Idee kam, die Lehrer an den letzten Ferientagen in die Schule zu bestellen. Während ich in der Schulbibliothek Staub gewischt und Lesebücher gezählt habe, durfte die Kollegin noch im Strandkleid Cocktails schlürfen. Die anderen U-Bahn-Passagiere lauschen interessiert ihren lauten Ausführungen: Handtaschenraub auf Bali, anhaltender Durchfall während ihrer Trecking-Tour, wunderbar knackige Kellner unter Kokospalmen. „Ich sag dir: Sooo ein Hintern!“ Sie formt mit ihren braun gebrannten Händen einen mittelgroßen Kreis und leckt sich die Lippen. „Und wo warst du?“ „In Masuren.“ Sie sieht mich mitleidig an: „In Polen? Mit dem Auto? Na, du hattest ja schon immer einen Ostflitz.“ Wir müssen aussteigen und vereinen uns mit den Lehrermassen, die zum Betonklotz der siebziger Jahre strömen.

Am Zielort. Der Schulleiter begrüßt kurz seine 130 Untertanen. Ein pädagogischer Neuzugang ist blond gelockt und deutlich unter vierzig. Sie errötet zart bei ihrer Vorstellung, und einige männliche Pädagogen werden ganz unruhig. Der Altersdurchschnitt im Kollegium wird durch ihre Ankunft dramatisch gesenkt. Dafür sind die Klassenfrequenzen weiter erhöht worden. Aber das macht nichts. Wo dreißig Kinder gut lernen, machen fünf bis sieben mehr auch nichts aus. „Da ist eben Ihre pädagogische Handlungskompetenz gefragt“, gibt der Schulleiter trocken kund. Die fehlenden Klassenmöbel sind auch kein Problem. Wer kippelt, muss stehen – und so reichen die Plätze spielend für alle Schüler. Sicher schwänzen ein paar Kinder sowieso die ganze Zeit.

Die Kollegen, die jetzt erst aus den Ferien gekommen sind, rennen in die Bücherei. Wer bekommt noch neue Bücher, wer die zerfetzten? Wer ergattert einen ganzen Klassensatz, wer nur die Reste? Wer muss das ganze Schuljahr über kopieren? Der Fachbereichsleiter schlendert zufrieden zu seinem abschließbaren Schreibtisch. Keine Ahnung, wie er an den Schlüssel gekommen ist. Alle anderen Schreibtische stehen nämlich offen.

Jeder Kollege, der Bleistift, Tesafilm oder Büroklammern sucht, kann mal schnell beim Nachbarn klauen. Der Fachbereichsleiter hat in seinem Schreibtisch seit Wochen die Neuerscheinungen gebunkert. Nun kann er erst mal in Ruhe Kaffee trinken und seine Abitur-Ordner in Reih und Glied aufstellen, bevor das Chaos über ihn hereinbricht. „Ach, Schule könnte so schön sein, wenn es keine Schüler gäbe!", steht in seine tiefen Stirnfalten gegraben.

Und da kommen sie auch schon: Hunderte kleiner Monster, Kaugummi kauend, Walkman-verstöpselt, in sechs Wochen zehn Zentimeter gewachsen, bereit zu neuen Untaten. Und grinsen fröhlich. Sebastian haut mir auf die Schulter: „Na, Alte, haste uns vermisst?"

„Na, Alte, haste uns vermisst?"

Das böswillige Altern der Lehrkörper

Im Gegensatz zum übrigen Teil der Bevölkerung altern Lehrerinnen und Lehrer. Sie tun das vorsätzlich, aus persönlicher Gemeinheit und mit voller Absicht. Da kann die Presse noch so oft deprimierende Schulstatistiken und Altersdurchschnitte zitieren – die Lehrer altern einfach weiter. Wissenschaftler lamentieren über die schulische Erziehung durch die Generation der Groß- und Urgroßeltern. Familienzeitschriften beklagen die unüberwindliche Altershürde zwischen hoffnungsvollem Nachwuchs und verkalkten Paukern – aber die Lehrerschaft hat kein Einsehen. Sie vergreist mit jedem Jahr mehr und denkt nicht im Traum daran, diesen Vorgang einzustellen.

Und das heute, wo nur zählt, was jung, knackig und dynamisch ist. Unsere Politiker machen es so schön vor: Wenn die Ehefrau in die Nähe der Wechseljahre kommt, wird sie flugs durch ein stromlinienförmiges Ersatzmodell im Teenageralter ausgetauscht. Und alle finden das völlig normal. Wenn ein Mann im Licht der Öffentlichkeit steht, macht ihn eine Begleiterin mit Falten und Doppelkinn einfach alt!

Im Fernsehen führen flotte Spätkinder durch herzerfrischende Plapper-, Kletter- und Kreisch-Shows. Nirgends rennt da jemand mit grauem Haar, Bifokalbrille und Zahnersatz rum. Nur in den Schulen der Nation werden die armen Kinder den unerfreulichen Alterserscheinungen der Lehrerschaft ausgesetzt. Müssen sich allesamt mit „Mäuschen“ anreden lassen, weil der Geschichtslehrer sich die Namen nicht mehr merken kann. Schreiben zweimal in der Woche dieselbe Klassenarbeit, weil die Mathe-Lehrerin ihre Kurse verwechselt.

Unsere lieben Kleinen, die sich nach coolen Sportanimateuren und langbeinigen Deutsch-Moderatorinnen sehnen, müssen sich bei fossilen Paukern langweilen, die nicht wissen, was „Beat-Box" ist und die ihren vorsintflutlichen Computer kaum bedienen können. Die den Schülerinnen bei der Aerobic-Übung nur wohlwollend zusehen, anstatt mitzuhüpfen. Die andächtig von Goethe und Weimar erzählen, als würde das irgendjemanden interessieren. Denen die Haare aus den Ohren wachsen, kleine Warzen und Gichtknoten an den Händen blühen und sich steile Sorgenfalten in Stirn und Wangen graben. Mit jedem Tag tiefer. Denn anstatt froh zu sein, auch im Alter noch sinnvoll beschäftigt zu werden, beklagen die pädagogischen Senioren ihre zunehmende „Belastung". Die ganze Gesellschaft meditiert darüber, wie man auch in der zweiten Lebenshälfte seine Auslastung und seine Aufgaben findet, nur die Lehrerschaft will sich diesem Trend entziehen. Sie gibt vor, steigender Schüler- und Stundenzahl einfach nicht gewachsen zu sein! Presse-Orakel munkeln gar vom hohen Krankenstand unter den betagten Lehrern. Lächerlich. Wo Arbeit doch jung und vital hält!

Da Lehrer durch ihre kurzsichtige Stellenpolitik seit Jahren die generationsmäßige Durchmischung der Schulen verhindert haben, sollten sie endlich mal dazu angehalten werden, ihrem Alterungsprozess einen Riegel vorzuschieben. Es gibt exzellente Transplantations- und Operationstechniken! Weg mit Tränensäcken, Sorgenfalten und Kummerspeck! Weg mit Stützstrümpfen und Bruchbändern! Melissengeist, Ginseng und Frischzellenkuren für alle Kollegien! Niemand muss heutzutage alt aussehen! Die Lehrer müssen einfach nur bereit sein, sich dem gesellschaftlichen Trend anzupassen. Girlie ist Mode, nicht Omi. Waschbrettbauch zählt, nicht Altersweisheit. Dafür muss man natürlich flexibel sein und etwas guten Willen zeigen. Aber der geht Lehrerinnen und Lehrern eben völlig ab!

Segnungen eines Schullautsprechers

Unsere Anstalt ist groß: 1500 Schüler und 130 Stück pädagogisches Inventar – die fünfköpfige Schulleitung und den im Stillen regierenden Hausmeister nicht mitgerechnet. Es gibt in dem Gebäude mindestens zehn Lehrerzimmer. Zwei davon habe ich immer noch nicht entdeckt. Die Suche nach einer Vertretungsgruppe gestaltet sich oft zu einem zeitaufwendigen Parcours durch Hallen, Treppenkerne und endlose Gänge. Manchmal so lang, dass die Schüler bedauerlicherweise schon verschwunden sind, wenn man ihren Klassenraum gefunden hat. Falls der Schulleiter einen Kollegen sprechen will, kann man unmöglich verlangen, dass er mühsam dessen Stundenplan inspiziert und dann einen Boten aussendet. Dazu haben wir glücklicherweise einen Schullautsprecher, der Verlautbarungen der Oberen durchs Gelände trägt – Sporthallen, Kellergrüfte und Freigehege mit eingeschlossen.

Wenn ein Schüler etwas ausgefressen hat, schallt es unheildräuend durch den Bau: „Der Schüler Kester-Darwin aus der 7b tritt **sofort** zum Mensadienst an!!!" Bisweilen werden auch ganze Klassen und bandenähnliche Formationen zum Schulleiter bestellt, was den Rest der Schule zum Grübeln veranlasst, welcher Missetat die sich schuldig gemacht haben. Kollegen, die ihren Vertretungsunterricht wahrnehmen sollen, werden harsch zum Einsatzort geschickt. Zwar gibt es in jedem Lehrerzimmer Telefone, aber der Griff zum Lautsprecher-Mikro erspart das lästige Suchen im Verzeichnis. Und falls sich ein Kollege auf der Toilette versteckt hält, erreicht ihn die Ansage mit der Vertretungsbotschaft auch dort noch.

Schülerinnen, die sich den Schulleiter geneigt halten, dürfen auch mal einer Freundin öffentlich zum Geburtstag gratulieren.

Über den Schullautsprecher gibt die Oberstufenleiterin bekannt, welcher Kurs länger auf sie warten muss oder nach Hause gehen kann. Der Leiter des Sportbereichs liest umständlich vor, welche dreißig Kinder in zehn Minuten zum Waldlauf antreten. So etwas könnte er natürlich auch vorher schriftlich bekannt geben, aber das ist zeitraubend …

So ein Schullautsprecher ist nicht nur praktisch, sondern auch sehr stimmungsvoll. In der Adventszeit trägt der Schulleiter morgens Besinnliches fürs Kollegium vor:

„Nutze die Zeit, spare die Kraft, steh fest im Leid, sei tugendhaft!"

„Wer schaffen will, muss fröhlich sein, dann läuft die Arbeit von allein!"

„Der Mensch ist nicht auf der Welt, um glücklich zu sein, sondern um seine Pflicht zu tun!"

Im günstigen Fall kommen diese Ansagen in den Pausen, aber mindestens 95 Prozent davon werden in der besten Unterrichtszeit gesendet, was ernsthaftes pädagogisches Bemühen ad absurdum führt. Mit viel Mühe hat man die wilde zehnte Klasse zur Ruhe gebracht und formuliert bedeutungsvoll seinen Arbeitsauftrag, da flötet es aus dem Lautsprecher: „Kollege Balkan-Sprengel, bitte mal in mein Büro." Die Oberstufenleiterin ruft den smarten Junglehrer. Die Schüler grinsen und tuscheln. Der Lehrer legt zum Zeichen des Schweigens seinen Finger auf den Mund, die Schüler sammeln sich. Zweiter Versuch: „Also, zuerst lest ihr bitte …" Der Lautsprecher unterbricht erneut: „Entschuldigung, die Schüler, die noch Essensmarken für diese Woche kaufen wollen, können das bis 12.00 Uhr im Sekretariat erledigen." Der Lehrer runzelt ärgerlich die Stirn, kommt zwei Sätze weiter, da knackt es wieder im Sender: „Wegen einer Lesung hat die Schülerbücherei heute geschlossen." Endlich sind alle Unterrichtsanweisungen formuliert, die Schüler lesen brav in ihren Büchern, da erhebt sich die Stimme des Schulleiters. Er hat fürs Sportfest eine Cheerleader-Lehrerin und einen Karton Pompons an Land ziehen können und bittet alle Interessierten umgehend zu sich. Nun fehlt eigentlich nur noch der jährliche Abiturscherz. Einmal im Jahr wird laute Musik über den Schulfunk geschickt, Kichern und Rumpeln ist zu hören, dann verkündet eine kicksende Stimme, dass heute der Unterricht für alle entfällt. Die Schüler springen begeistert auf und verschwinden ganz schnell, bevor der Schulleiter offiziell erklären kann, dass diese Ansage nur ein Schabernack war. Selbstverständlich findet Unterricht statt!

Es geht übrigens auch ganz ohne Lautsprecher. Das zeigt sich, wenn Examen und Oberstufenklausuren stattfinden. Da röhrt niemand laut und böse über den Lautsprecher: „Frau Frydrych, sofort zum Schulleiter!!!“, um mich für einen despektierlichen Zeitungsartikel zur Rede zu stellen.

„Julia, dein Schuh ist offen!“

Gut, dass ich gelernt habe, meinen Mund zu halten, wenn mich etwas erstaunt. Aber bevor ich diesen Grad der Erleuchtung erreicht habe, bin ich durch manches Fettnäpfchen marschiert. „Sebastian, dein Hemd guckt aus der Hose“, flüstere ich dem hoch gewachsenen Knaben zu, der an der Tafel die neue Rechtschreibung probt. Sein Hosenboden hängt in Kniehöhe, unter dem dunklen Pullover zipfelt sein grauweißes Unterhemd hervor. Sebastian sieht mich mitleidig an. Oje, das mit dem Hemd ist kein Missgeschick, in morgendlicher Hektik entstanden, sondern raffiniertes Styling, lange und aufwendig vor dem Spiegel arrangiert. Wie oft habe ich Schüler und Schülerinnen in meiner Fürsorgepflicht darauf hingewiesen, dass ihre Schnürsenkel offen sind oder ihr eines Hosenbein hochgekrempelt ist und das andere nicht. Es hätte mir doch auffallen müssen, dass die halbe Schule die Schuhe nicht mehr zubindet und im Sport nur noch *ein* Bein freilegt. Jetzt warte ich immer erst ab, ob irgendwelche obskuren Erscheinungen zur neuen Mode gehören, bevor ich eine dezente Anmerkung loslasse. Die Tinte am Mundwinkel könnte der letzte Schrei aus Los Angeles sein. Die schief zugeknöpfte Bluse, die breiten weißen BH-Träger, die unter einem schwarzen Top hervorschielen, trägt man bestimmt so in MTV.

Ich sitze als Lehrerin an der Quelle. Ich kann in Ruhe die neuesten Trends studieren, bevor ich überhaupt weiß, dass es Mega-Trends werden. Während mich an einem Morgen die Pudelmütze im Unterricht noch befremdet, tragen am nächsten Tag schon fünf Jungen solche Skimützen. Vor einiger Zeit waren formlose Stoffhütchen en vogue. Ich weiß noch, wie wir uns als Kinder immer darüber bekichert haben, wenn der Rentner im Garten nebenan so einen Deckel als Sonnenschutz tragen musste. Und nun setzen meine Schüler diese Teile freiwillig auf.

Als die ersten Nasenstecker auftauchten, musste ich schwer gegen den Drang ankämpfen, Mascha aus der 8. Klasse zu fragen, ob man mit so einem Ding überhaupt in der Nase bohren kann. Richtig, ich vermochte diesen Drang nicht zu bezähmen, und Mascha erklärte mir freundlich, dass man den Nasenstecker im Bedarfsfall einfach rausschraubt. Von Laura, dem ersten schulinternen Piercing-Opfer, ließ ich mir regelmäßig die silberne Eidechse zeigen, die mitten auf ihrer Zunge saß. Ich kann es bis heute nicht fassen, dass man sich in dieser empfindlichen Körperregion ein Loch bohren lässt. Mittlerweile ist es ganz normal, dass Schüler Ringe in Augenbrauen und Nasenflügeln tragen. Oder kleine Glöckchen an der Unterlippe, die beim Sprechen leise klingeln. Wo sie sonst noch Metall in den Körper gestanzt haben, möchte ich lieber nicht wissen.

Stoisch und gelassen schweige ich, auch wenn ich bisweilen das Gefühl habe, nette Kinder verunstalten sich mit fingerdickem Make-up, mit riesigen Armeestiefeln zum Sommerkleid, mit abgefressenen orangen Haaren und zerrissenen Hosen im Müllsackformat. Mit seltsamen Haarnetzen, die so einen Nackenschutz haben, wie man ihn in der Fremdenlegion braucht. Ja, ich weiß, es geht nicht darum, was *ich* schön finde. Im Gegenteil. Jugendmode soll die Erwachsenen verstören und schockieren, man will sich von den spießigen Alten abgrenzen. Aber müssen die Mädchen deshalb gefügig die Weibchenrolle aus Medien und Werbung übernehmen und halbnackt in der Schule erscheinen, nur mit einem dekorativen BH über den Jeans? Müssen die Schüler an winterlichen Wandertagen schlottern und frieren, nur weil sie unbedingt die Turnschuhe und Designer-T-Shirts vom Sommer weiter tragen wollen und das Taschengeld für wärmere Markenprodukte nicht reicht?

Ob meine alten Lehrer auch so tapfer geschluckt haben, als ich stolz das erste Mal in Hosen aufkreuzte? Damals für ein Mädchen noch etwas ungewöhnlich. Und dann noch schwarzleinene Hüfthosen mit riesigem roten Stretchgürtel. Was hat die distinguierte Deutsch-Oberstudienrätin gedacht, als ich in meiner Schockfarbenbluse „Die Kraniche des Ibikus“ aufsagte? In Lila, Orange, Quietschgelb und Giftgrün gekleidet, mit weiß geschminkten Lippen?

Übrigens sind meine Schüler längst nicht so tolerant wie ich. Wenn ich meine flotten Cowboystiefel mit den tausend Fransen und Perlen anziehe, grinsen sie oder ziehen angeekelte Gesichter. Trage ich meine flauschigen Leopardenleggins, fragen sie mich, ob ich dafür etwa Geld bezahlt hätte. Sie nennen mich „Tiger-Lili“, weil von meinen T-Shirts große Raubkatzen herunterknurren. Wahrscheinlich wollen die lieben Kleinen, dass ich im grauen Jersey-Kostümchen durch die Schule schreite – aber nicht mit mir. Ich setze meine eigenen Trends!

Stammtischpädagogik

Das Land krümmt sich im PISA-Schock (Schock = Zustand heftiger Verwirrung und innerer Unruhe, in dem man Unzusammenhängendes stammelt und nicht ganz bei sich ist). Alle Zeitungen haben ihre Sonderseiten über das deutsche Schulelend. Hier darf sich jeder auslassen: Journalisten beklagen ihre frühe Traumatisierung durch das Lesen mit verteilten Rollen im Deutschunterricht. Schüler schimpfen, dass kleinkarierte Unterrichtsbeamte zu eng am Lehrplan kleben. Bildungspolitiker empören sich, dass Rahmenpläne nicht eingehalten werden. Eltern kritisieren lasche Kuschelpädagogen, die den IQ der Sprösslinge nicht schnurstracks in die Sphären der Hochbegabung treiben. Andere Eltern möchten ihren Nachwuchs vor fordernden Hardlinern behüten, die schon in der vierten Klasse mit den Zahlen von 1 bis 10 arbeiten. Gescheiterte Ex-Pädagogen outen in schnell gestrickten Bekenntnisbüchern ihre Kollegen als labile, mittelmäßige Versager mit Lebensangst.

Saturierte Schulbeamte entwickeln gute Ideen, wie man preiswert Schule reformieren kann: Das Referendariat wird verlängert, aber dafür nur noch halb bezahlt. Außerdem wird die Unterrichtsverpflichtung der zukünftigen Junglehrer einfach vervierfacht. Junge ideenreiche Lehrer werden die Schulen retten. Und unter solchen Bedingungen ihre Aufgabe voller Elan anpacken. Warum nicht? Lehrbeauftragte an den Unis arbeiten ja auch oft ohne Entlohnung. Man muss nur wollen!

Das gilt auch für die Erzieherinnen, die endlich etwas mehr leisten müssen, als Kleinkinder nur an- und auszuziehen. Sie sollen gefälligst mit ihnen Deutsch als Zweitsprache lernen und kleine naturwissenschaftliche Experimente durchführen. Damit ihnen das auch gelingt, wird die Gruppengröße erhöht: z.B. von 16 auf 31 Kinder. Zwar bedauern Zeitschriftenreportagen hormonbehandelte Eltern, die sich mit ihren Mehrlingsgeburten abquälen und es kaum bewältigen, sie zu füttern und zu topfen. Aber eine hochdotierte Erzieherin müsste es spielend schaffen, viermal soviel Kinder zu versorgen und zu bilden!

Warum sind eigentlich alle von PISA so schockiert? Ist das Schuldrama nicht schon lange bekannt? Wir wissen doch seit Jahren aus der Presse, wie der bundesdeutsche Schüler Tag für Tag aufgeschlossen und hochmotiviert die Schule betritt. Frei von Unlust, Aggressionen, häuslichen Querelen, seelischen Nöten und schulfernen Prägungen. Er lechzt geradezu nach Bildung. Er möchte die Welt entdecken, mindestens zwei Fremdsprachen lernen und ganz viel wissen. Genau wie seine Eltern, die sich allabendlich wonnevoll fortbilden. Vor dem Abendessen mal eben eine Sonatine geigen, einen Bildungsroman goutieren, ein Aquarell malen und im Kreis der Lieben eine wertvolle Tiersendung oder ein Kulturmagazin ansehen – falls sie nicht lieber miteinander ein brennendes gesellschaftspolitisches Thema ausdiskutieren.

Der so positiv eingestellte Jugendliche stößt nun jeden Schultag auf spinnwebverhangene Altlehrer, die ihn ödem Frontalunterricht unterwerfen, stundenlang monologisieren und ihre fossilen Weisheiten mit Kreide an die Tafel malen. Das dürfen die Schüler dann sauber abschreiben und auswendig lernen.

Ja, so ist Schule. Wenn man es den Journalisten glaubt. Aber die recherchieren in der Regel gründlich und würden niemals freudig-erregt irgendwelche Vorurteile aus Bismarck'schen Zeiten präsentieren. Zum Glück finden sie aber auch einzelne Schulen, die man der Nation als Vorbild präsentieren kann. Dort werden muntere und lebendige Kinder nicht von pädagogischen Trauerklößen ausgebremst und zu Tode gelangweilt. Natürlich gibt es dort keinerlei Frontalunterricht. Wisse: Frontalunterricht ist das wesentliche Merkmal einer schlechten Schule. Projektunterricht aber ist gut. Immer. Dort arbeiten Schüler gern zusammen, widmen sich gebannt ihren Wochenplänen, schlagen fasziniert in Büchern nach und erklären sich gegenseitig konzentriert ihre Arbeitsergebnisse. Der Klassenbeste darf die Ergebnisse überprüfen und sichern. Alle machen mit, keiner guckt gelangweilt aus dem Fenster.

Begeistert berichten die Journalisten von den wundervollen Projektthemen in den Vorzeigeschulen: Wir bauen einen Lehmofen und kochen altrömisch. Wir rühren ägyptische Naturkosmetik. Wir lernen ein halbes Jahr rund ums Wasser, schreiben kreative Wassergedichte, lesen den „Schimmelreiter“ (der irgendwo am Wasser sein Unwesen trieb), kochen, filtrieren und mikroskopieren Wasser, komponieren Wassermusik und wandern rund um den Dödelsee. In der übrigen Zeit sitzen die Kinder am Computer. Das neue Allheilmittel gegen sämtliche Bildungs- und Erziehungsprobleme. Mühelos saugen sie Wissen aus dem Internet, wissen es zu sortieren, zu sichten und zu präsentieren. Sie mindmappen, clustern und brainstormen um die Wette. Sie beamen, booten und chatten. Der journalistische Gast ist hingerissen. So muss Schule sein. Sie muss rund um die Uhr Spaß machen. Wissen soll sich mühelos erwerben lassen. Der Lehrer hält sich bescheiden im Hintergrund. Was kann er den Schülern heutzutage schon mehr als ein Moderator sein? Er soll sich gefälligst fortbilden („Wie fessele ich 33 Kinder gleichzeitig?“) und nicht immer nur über dieses Märchen nachsinnen, was da heißt: „Des Kaisers neue Kleider“.

Vertretungsstunden

Jeden Morgen der suchende Blick im Vertretungsplan – dann das glückliche Leuchten in den Augen, wenn der eigene Name dort auftaucht: Die Schulleitung hat Vertrauen in meine pädagogische Arbeit. In fünf Minuten darf ich eine Geschichtsstunde in der 9. Klasse übernehmen! Normaler Unterricht ist nicht der Rede wert, aber eine fremde Klasse innerhalb kürzester Zeit für sich zu gewinnen, das stellt echte Ansprüche an das pädagogische Geschick …

Ich suche das Klassenbuch des kranken Kollegen, damit ich die Namen der Schüler parat habe. Und erfahre, was er im Unterricht bisher durchgenommen hat. Trotz hartnäckiger Bemühungen finde ich das Buch weder in seinem Fach noch auf seinem Schreibtisch. Auch nicht im Altpapier-Container. Ich ergreife im Davoneilen einen Stapel Deutsch-Arbeitsblätter, denn leider bin ich keine Geschichtslehrerin und kann die feinsinnige Bismarck'sche Bündnispolitik, die im 9. Jahrgang wohl gerade Thema ist, nicht spontan abrufen.

Im Flur jagen sich diverse Schülerinnen und Schüler, aber niemand will sich als Mitglied der zu vertretenden Unterrichtsgruppe outen. Im Raum toben Hunderte von pubertierenden Ungeheuern und lassen sich in keiner Weise dadurch stören, dass ich Respekt heischend nach vorne schreite. Dem fliegenden Schwamm kann ich elegant ausweichen, aber das Stück Kreide trifft mich an der Denkerstirn. Natürlich lässt sich kein Werfer feststellen. Sehr zögerlich begeben sich die Schüler nach acht Aufforderungen (Bandbreite: freundlich-beherrscht, sachlich-bemüht bis offen drohend) auf ihre Plätze und gönnen mir einen kurzen Blick (Bandbreite: skeptisch bis verächtlich). Dann vertiefen sie sich wieder in die Fußballzeitung, ins Walkman-Hören oder in den Streit mit der Nachbarin.

Als ich so viel Ruhe erreicht habe, dass ich von meinen Plänen erzählen kann (Große Empörung: „Wir haben jetzt aber kein Deutsch! Wir haben Geschichte!“), kommen die restlichen Schüler lautstark und in Abständen von jeweils zwei Minuten in den Raum. Unter Aufbietung aller stimmlichen Kräfte stelle ich die Anwesenheit fest und male einen Sitzplan. Wobei die lieben Kleinen es unheimlich lustig finden, ihre Namen untereinander zu vertauschen oder mir ihre Pseudonyme anzuvertrauen (Rambo, Zorro, Schneewittchen). Ich weise auf meine ausgezeichneten Kontakte zum Klassenlehrer und zur Schulleitung hin und kann nun endlich mit meiner Satzteilbestimmung beginnen. Die sechs Klassenbraven füllen das Blatt in rührender Konzentration aus. Sechs weitere Schüler malen Vampire, Galgen und Kettensägen darauf. Einer übt seinen Namenszug, damit er ihn vielleicht auf die jungfräuliche Wand vorm Musikbereich sprühen kann. Zwei Schülerinnen verstricken mich in eine erbitterte Diskussion über den generellen Sinn von Grammatik. Das Thema interessiert sie nicht die Bohne, erspart ihnen aber vorübergehend lästige Arbeit. Nach jedem halben Argument muss ich eine Mahnung gegen den Rest der Klasse aussprechen, der am Fenster rumturnt, mit Apfelresten wirft oder Papierflugzeuge (aus meinem Arbeitsblatt gefertigt) durch den Raum flattern lässt.

„Können wir nicht rausgehen?“ „Sonst dürfen wir uns in Vertretung immer selbst beschäftigen!“ „Warum kommt Herr Bader-Schneider heute nicht?“ Stoisch beantworte ich diese und ähnliche existenzielle Fragen, erkläre äußerst unfreundlichen Schülern noch viermal, wie ich heiße, obwohl es an der Tafel steht, und lasse mich zu Versprechungen der Art hinreißen, dass wir am Stundenschluss noch etwas Lustiges spielen, wenn alle gut mitarbeiten.

Nach zwanzig Minuten betritt ein Mädchen mit einer Ratte auf der Schulter die Klasse, geht hoheitsvoll an mir vorbei und lässt sich in der letzten Reihe auf einen Stuhl fallen. Ihren Namen oder den Grund ihres Zuspätkommens möchte sie mir nicht verraten. Sie denkt auch nicht im Traum daran, ihr Frühstück oder die Ratte wegzupacken. Als ihr mein Insistieren lästig wird, geht sie einfach wieder aus der Klasse. „Das war Jennifer, die ist immer so drauf", versichern mir die Mitschüler fröhlich und sind gespannt, was ich jetzt wohl tun werde. (Ich erzähle es hinterher dem Klassenlehrer, und der meint mitleidig: „Komisch, bei mir benimmt sie sich nie so. Vielleicht war ihr dein Thema einfach zu langweilig?")

Zum Stundenschluss möchte ich die Lösung der Aufgaben besprechen. Mittlerweile steht mir der Schweiß auf der Stirn. Leise Mordgelüste gegen einzelne Schüler beginnen Gestalt anzunehmen. Der große Dicke, den ich nach etlichen Vorankündigungen zum Schulleiter geschickt habe, kommt höhnisch zurück. Angeblich war in sämtlichen Leitungsbüros niemand anzutreffen. Dafür hat er auf dem Rückweg in der Cafeteria ein „Happy-Brötchen" erworben (ein Negerkuss, in eine trockene Schrippe gedrückt). Also war sein Gang nicht ganz vergebens.

Als es klingelt, werfen die Zöglinge ihre mehr oder weniger ausgefüllten Blätter demonstrativ in den Papierkorb. Und mir fällt der frühpensionierte Kollege ein, der in Vertretungsstunden immer kleine Preise aussetzte, damit der Unterricht erträglich über die Bühne ging: Süßigkeiten, Schreibwaren, CDs.

In der Pause eile ich noch schnell zum Vertretungsplan, um nachzusehen, wann mir das Glück wieder hold ist.

„Die Vertretungsstunde in deiner Klasse war wieder einmal ätzend!“

„Das verstehe ich nicht. Bei mir sind sie immer ganz ruhig!“

Der heimliche Herrscher

Wer hat an einer Schule das Sagen? Naive Menschen werden jetzt antworten: „Der Schulleiter.“ Lächerlich! Die wirkliche Macht und Kontrolle übt ein anderer aus. Darüber sollte uns sein äußeres Understatement (grauer Kittel, blaue Latzhose, Leiter und Besen) nicht hinwegtäuschen. Diese Tarnung lenkt nur von den wahren Insignien seiner Amtsgewalt ab, von dem riesigen Schlüsselbund, das ihm am Gürtel hängt. Mag sein, dass der Schulleiter über Umsetzung und Verbleib des pädagogischen Inventars entscheiden darf, aber dem Schulhausmeister obliegt es, wann, wie (und ob überhaupt) alle übrigen Anordnungen ausgeführt werden. Ohne seine Zustimmung finden keine Elternabende und Abiturfeste statt. Bei Konferenzen, die sich um zehn Minuten verlängern, schreitet er die Reihen ab und klappert drohend mit den Schlüsseln, bevor er das Schulgebäude in Finsternis hüllt und den Parkplatz verbarrikadiert. Selber schuld, wer sein Auto da noch stehen hat. Auch die Musikkollegin hat Pech. Sie hat vor der Konferenz ihre Schultasche samt Hausschlüssel im oberen Stockwerk deponiert. Das ist längst mit Stahlketten verriegelt und an die Alarmanlage angeschlossen. Muss sie halt woanders übernachten! Es sei denn, sie schafft es durch Betteln und Weinen, dass ihr noch einmal aufgetan wird.

Der Hausmeister verteilt mit Fingerspitzengefühl die nötigen Schulschlüssel an die Lehrerinnen und Lehrer. Wer anmaßend meint, für ihn habe der Hausmeister zu spuren, wird lange, lange Zeit ohne den wichtigen Toilettenschlüssel bleiben und muss sich in den dreckigen Schülerpissoirs rumdrücken. Auch sein Schreibtisch wird auf ewig unverschließbar sein. Schade, schade – manche Schlüssel müssen eben sehr aufwendig nachgebaut werden. Diesen Prozess kann selbst der Schulleiter nicht beschleunigen. Weder durch höfliches Nachfragen noch durch Dienstanweisungen.

Braucht man zusätzliches Mobiliar für den Klassenraum (eine kleine Luxus-Stelltafel, ein Schränklein oder einen Bilderrahmen), muss man beim Hausmeister einen ausführlich begründeten Antrag in dreifacher Ausfertigung einreichen. Wenn man bescheiden abwartet, wird der vermessene Wunsch vielleicht eines fernen Tages erfüllt. Geht man petzen und sich beschweren, wird sich im Kellertrakt kein einziges Holzbrett auftreiben lassen, geschweige denn ein Schrank!

Der Hausmeister überwacht den Schulparkplatz und klemmt bei Bedarf handgeschriebene Mahnungen hinter die Scheibenwischer: „Sie parken hier widerrechtlich! Entfernen Sie umgehend Ihr Fahrzeug, oder es wird abgeschleppt!" Er bestimmt je nach Tageslaune, wer von den Kollegen das teure Rennfahrrad mit ins Lehrerzimmer tragen darf. Morgens öffnet der Hausmeister die Schultore. Nette Kinder lässt er manchmal lange vor den regulären „Öffnungszeiten" ins Gebäude. Kollegen, die ihre Schlüssel vergessen haben, stehen zur Strafe etwas länger draußen. „Ich hatte gerade einen Rohrbruch (wahlweise einen Feueralarm oder den Kammerjäger)", erklärt der Hausmeister stoisch, wenn er ihnen kurz vor Schulbeginn öffnet.

Der Hausmeister ist auch für pädagogische Beurteilungen zuständig. Und zwar nicht dezent und verklausuliert wie in der Personalakte, sondern klar und deutlich: „Der Fischbach will Lehrer sein? Da lachen ja die Hühner! Der hat wahrscheinlich vorher an einer Baumschule gearbeitet." Die Kinder, die im Flur herumrennen und auf Wandzettel starren, schickt er in den Klassenraum zurück: „Laufdiktat? Wer hat sich denn diesen

Schwachsinn ausgedacht? Die Kollegin Halbhübner? Die hat doch ein Ding an der Waffel!“ Wenn Elternsprechtage oder öffentliche Veranstaltungen anstehen, übermalt der Hausmeister die Schülerkrakeleien an den Wänden. Ganz aus Versehen auch das Wandgemälde, das Kollege Fischbach mit seinem Wahlpflichtkurs begonnen hat. Der Kollege spricht vorsichtig beim Hausmeister vor, aber er kommt gar nicht zu Wort. „Ich soll Kunstwerke zerstört haben? Mann, wenn das Kunst war, dann bin ich der König von Frankreich!“

Die Lehrer fluchen leise über den Hausmeister. Sie spicken kleine Voodoo-Puppen mit Nadeln, um ihn mit Kopfschmerzen zu strafen, aber es nützt nichts. Manchmal wirken sich flüssige Weihnachtsgratifikationen auf die Zusammenarbeit aus – zumindest ein paar Tage lang. Gut fahren Lehrer, die sich nicht qua Amt und Würde für etwas Besseres halten. Letztendlich eint alle Kollegen eines: Wenn es Ärger mit schulfremden Jugendlichen gibt, rufen alle vereint nach dem kräftigen Hausmeister, damit er die Unruhestifter mit seinem großen Besen aus der Schule fegt.

Kleine Tipps für die Karriere

Du willst nicht länger zum Fußvolk gehören und dich in pädagogischen Nischen herumdrücken? Du möchtest Verantwortung tragen und die Belange des schulischen Lebens mitgestalten? Du hättest gern ein „Ober-“ vor deinem Namen, ohne dass du deshalb Kellner wirst? Dein Boss sieht deine Ambitionen mit sanftem Wohlwollen? Na fein, nur zu! Das einzige Problem: Du musst gewählt werden. Zumindest in Berlin. Das Volk, dem du vorstehen sollst, muss dir seine Zustimmung dazu erst mal erteilen – nachdem du alle Lehrproben und Schulrechtsfragen souverän bewältigt hast.

Hier einige Tipps für deinen Wahlkampf, praxiserprobt und bewährt:

1. Sieh in den Spiegel!
Erinnert dich das dunkel an die Sechziger ? Schluss damit. Ab mit dem Zottelbart. Weg mit den Latzhosen. Föhnwelle, Seidentüchlein, glatte Wangen und teures Tuch seien von nun an deine signifikanten Merkmale. Achte im Umgang mit Amtsträgern auf deine Körperhaltung! Krümme dich leicht, falls ihr gleich groß seid. Neige in demutsvoller Haltung den Kopf und sieh bewundernd zu ihnen auf. Verkneif es dir, dabei zu bellen oder mit dem Schwanz zu wedeln.

2. Lass deine Stimme ertönen!
Egal, was du zu sagen hast, gib ihm den Anstrich enormer Wichtigkeit. Melde dich auf jeder Konferenz zu Wort und nimm Stellung. Zu *jedem* Problem! Sei es die Neugestaltung des Schulstempels oder die Anschaffung von Recycling-Klopapier. Senk dabei deine Stimme verschwörerisch, als stünde just in diesem

Moment euer aller Zukunft auf dem Spiel. Bring jede Menge Anträge ein. Klopf den Oberen auf die Finger – aber nicht so, dass es wehtut! Schließlich willst du eines Tages das Dienstklo mit ihnen teilen, zu dem der normale Lehrer keinen Zutritt hat. Dann wirst auch du ausgesprochen sauer reagieren, wenn sich Fußvolk-Pamphlete gegen dich richten, aber noch ist es ja nicht so weit. Arbeite viel mit basisdemokratischen Forderungen! Kein Mensch wird nach deiner Amtsübernahme verlangen, dass ausgerechnet du sie erfüllst. Und wenn sich wirklich jemand an deine vollmundigen Proklamationen erinnert, kannst du solchen Querulanten ein paar Vertretungsstunden, lange Aufsichten in winterlicher Kälte und einen tränentreibenden Stundenplan reinwürgen. „An einer Ganztagsschule gibt es nun mal viele Freistunden."

3. Such den Kontakt zu deinem Wahlvolk!
Beachte es gebührend. Die meisten Lehrer werden viel zu wenig wahrgenommen. Geh jovial auf *alle* Feiern, auch wenn du gar nicht eingeladen bist. Abgesehen davon, dass diese Treffen der sozialen Fellpflege dienen, kannst du dabei immer etwas abstauben: Lachs, Sekt, gepflegte Kuchen und Hausmacher-Braten. Sprich mit allen. Auch mit denen, die du auf den Tod nicht ausstehen kannst. Halte ihre Hand lange und warm umschlungen – Lehrer bekommen sonst nur wenig Zärtlichkeit ... Sieh ihnen tief in die Augen und lobe sie! Wenn du nicht weißt, wofür, sie werden es dir schon erzählen. Frag die Kollegen, wohin sie in den Ferien fahren, was ihr Weinkeller, die japanischen Zwergkarpfen, die Lebensabschnittspartner und der Nachwuchs machen, auch wenn es dich nur peripher bewegt. Hör aufmerksam und konzentriert zu! Gib in rhythmischen Abständen kommunikationsfördernde Laute von dir: „Hm-hm, ah ja, soso." Das bringt dir enorm viele Punkte, denn zuhören kann heutzutage kaum noch jemand.

Behalte den Fehlstand im Auge. Auch wenn dir die ganzen Krankheitsgeschichten lästig sind, ruf die Kollegen zu Hause an und erkundige dich, wie sie sich fühlen. Jede Stimme zählt! Von dir wird man später eine ganz besonders menschliche Amtsführung erhoffen. Zeig den Kollegen, dass dir ihr Wohlergehen am Herzen liegt. Zumindest jetzt noch. Aber übertreib es nicht. Haben sie deine Ambitionen erst einmal gerochen, reagieren sie vergrämt auf solche Wahltaktiken.

4. Produzier viel Papier!

Schreib aus klugen Büchern grundlegende Betrachtungen über den Unterricht ab und verkauf sie als deine didaktischen Erkenntnisse. Verteil deine Ergüsse stapelweise unter das Wahlvolk. Hier zählt Quantität! Die anderen werden eventuelle Kritik vor Ehrfurcht unterdrücken, weil sie soviel Aktivität gar nicht gewöhnt sind. Außerdem wissen sie nicht, warum du dich so bemühst. Entwickel jede Menge Projekte und pädagogische Luftschlösser. Achte aber darauf, dass deine Kollegen die Arbeit übernehmen. Du hast schließlich genug anderes zu tun.

5. Sei präsent!

Wenn du gewählt werden willst, muss dich jeder kennen! Also ab ins Getümmel, wenn Not am Mann ist und du öffentlichkeitswirksam deine Hilfsbereitschaft demonstrieren kannst. Organisier Betriebsausflüge, Faschingsfeiern und Grillfeten. Besorg die Blumen für Dienstjubiläen und Geburtstage. Schreib eine aufwühlende Rede für die nächste Pensionierung. Übernimm für überlastete Kollegen die Aufsicht – oder biete es zumindest an. Die anderen werden überrascht sein, weil du sie früher nicht mal gegrüßt hast. Nun registrieren sie gerührt deine kleinen Gesten. Achte auf Stimmungen und Tendenzen im Wahlvolk. Greif Unzufriedenheiten auf und brüte die abwegigsten Ideen aus, um die Missstände zu beseitigen. Dankbare Blicke werden auf dir ruhen, und nur die üblichen Stänkerer werden fragen, ob deine Hirngespinste überhaupt realisierbar sind.

Wenn dir diese Tipps zu Amt und Würden verholfen haben, würde ich mich über eine angemessene Provision freuen. Im übrigen darfst du die Ratschläge dann getrost vergessen, weil dich ohnehin niemand abwählen kann.

Elternsprechtag

Aus einschlägigen Zeitschriften weiß ich, dass Mütter und Väter Elternsprechtage auf den Tod nicht leiden können. Sie kommen sich vorgeladen und gemaßregelt vor, werden zu Minderjährigen degradiert und für ihre Erziehungsversuche getadelt. Deswegen sehen sie an solchen Terminen lieber fern, täuschen Theaterbesuche und Nachtschichten vor.

Ich als Lehrerin kann Elternsprechtagen auch nicht viel abgewinnen. Der einzige, der sie gut findet, ist der Schulleiter. Weil dann immer die reizende Elternvertreterin in sein Büro stöckelt und mit ihm plaudert. Zweimal im Jahr setzt der Schulleiter diese Sprechtage an. Hinterher möchte er von jedem Kollegen eine Statistik haben, wie viele Elternteile da waren. Fleißbilder und Belobigungen für rege Heimsuchungen gibt es leider nicht.

Das ist übrigens ein Geheimnis, das ich gern lösen würde: Warum stehen die Eltern vor dem einen Klassenzimmer Schlange und streiten sich um die zehn Minuten Sprecherlaubnis? Warum wandelt im anderen Raum die Kollegin gelangweilt auf und ab und wartet vier Stunden lang vergeblich auf Kundschaft? Hat es damit zu tun, dass der Klassenlehrer ein Mann ist? (Männliche Lehrer sind von hoher Bedeutung!) Oder ob die Kollegen Physik und Chemie unterrichten? (Die Zensuren in den Naturwissenschaften vermiesen in der Regel das schönste Zeugnis …)

Die erste Mutter reißt zwanzig Minuten vor dem offiziellen Beginn die Tür auf, lässt sich in den Stuhl vor mir fallen und funkelt mich an: „Ich wollt' Sie mir mal ansehen! – Ich bin Nicoles Mutter!“ Sie lehnt sich zurück und wartet auf meine Reaktion.

Nicole ist das Mädchen in der Zehnten, das mir immer mit ihrer Erziehungsberechtigten droht, wenn ich mich ungebührlich benehme (ihre Hausaufgaben kritisiere, ihr nur eine Vier im Aufsatz gebe). Ich lächle gequält: „Und? Wie gefalle ich Ihnen?" Die Mutter mustert mich eingehend und grinst: „Ach, eigentlich ganz gut." Wider Erwarten unterhalten wir uns nett und einigen uns darauf, dass Tochter Nicole die Gespräche mit ihrer Freundin im Unterricht ein wenig einschränkt und die Mutter keine Hausaufsätze und Interpretationen mehr verfasst.

Der nächste Vater kann kein Deutsch. Dafür hat er seinen Sohn Erkan mitgebracht. Der hat bei mir Englisch. Also erkläre ich Erkan geduldig noch mal all das, was ich ihm ohnehin ständig predige: „Komm pünktlich zum Unterricht! Geh rechtzeitig schlafen! Bring dein Arbeitsmaterial mit! Mach deine Hausaufgaben! Nutz endlich deine Fähigkeiten!" Stutzig macht mich, dass Erkans Übersetzungen so viel kürzer ausfallen als meine Tiraden. Und dass der Vater die ganze Zeit selig lächelt und sich zufrieden von mir verabschiedet.

Und dann prasselt das Jüngste Gericht über mich herein. Der kleine süße Blonde aus meiner Klasse schickt mir Mutter und Schwester als Racheengel. Am Vortag hat er es grinsend hingenommen, dass ich den Inhalt seiner Hosentaschen inspizieren wollte. Wie immer musste er genau in meiner Stunde auf die Toilette. Wie immer verließ er sie nach zehn Minuten zusammen mit zwei, drei Jungen aus anderen Klassen. Da Lehrer gefälligst auch auf Drogenhandel achten sollen, ließ ich mir misstrauisch die Hosentaschen vorführen. Die weibliche Verwandtschaft findet meinen Verdacht empörend. Kreischt, schimpft und bedroht mich. Anzeigen wolle man mich wegen falscher Beschuldigung und übler Nachrede. Peinlich, weil im Raum noch zwei Kollegen und diverse Eltern mit großen Augen und noch größeren Ohren zuhören. Peinlich, weil ich im selben widerlichen Tonfall leider nicht antworten kann, zumal mir Mutter und Tochter keine Sekunde Redezeit einräumen. Triumphierend verlassen sie den Kampfplatz. Sechs Wochen später wird der süße Blonde auf Initiative des Schulleiters unsere Anstalt verlassen, weil er kartonweise teures Duschgel und Eau de Toilette „ungeklärter Herkunft“ in der Klasse verhökern wollte.

Ansonsten ist es wie auf jedem Elternsprechtag: Es kommen noch acht nette Eltern vorbei, deren Kinder freundlich, problemlos, leistungsstark und bemüht sind. Denen erkläre ich, dass ihre Kinder freundlich, problemlos, leistungsstark und bemüht sind. Frau Horstkotte erzählt wie immer ausführlich von der eigenen Schulzeit und von ihren Eheproblemen. Draußen rütteln die ersten Leute an der Tür, weil ihnen die Wartezeit zu lang wird. Frau Horstkotte entdeckt erschrocken, dass sie noch sieben andere Lehrer aufsuchen wollte, und enteilt. Im Türrahmen ruft sie: „Und? Wie macht sich mein Elvis Lee Roy?“

Die achtzehn Eltern, die ich auf einem Formblatt der Schule „einbestellt“ habe, erscheinen nicht. Dabei würde ich denen ausgesprochen gern von den schulischen Aktivitäten ihrer Sprösslinge berichten. Telefonisch kann ich sie in den folgenden Tagen leider auch nicht erreichen. Entweder ist laufend besetzt, oder es meldet sich ein witziger Anrufbeantworter, den die gesamte Familie bekichert hat. „Wollen Sie uns ein Fax senden, dann kaufen Sie uns doch ein Gerät.“ Zurückrufen tut niemand. Auf Briefe mit Schulstempel erfolgt auch keine Reaktion. Notgedrungen unternehme ich mit der Sozialpädagogin abends zwei Hausbesuche: einen angemeldeten und einen unangemeldeten. Man sieht Licht in der Wohnung, im Korridor flüstert und raschelt es nach unserem Klingeln. Aber es findet sich niemand, der eine Türklinke bedienen kann. Diese Eltern lerne ich manchmal in der zehnten Klasse – kurz vor den Abschlusszeugnissen – kennen. Wenn sie feststellen, dass Sohnematz oder Töchterchen wochenlang geschwänzt hat und keinerlei Schulabschluss bekommt. „Das hätten Sie uns doch mitteilen müssen! Was für eine unglaubliche Schlamperei! Aber da hat das Verwaltungsgericht noch ein Wörtchen mitzureden!“

„Frau, ich hab Dings!"

Es gibt in unserer Republik nicht nur Denglish, diese elegante Mischung aus Deutsch und Englisch. Es gibt auch „Tütsch". Türkisch-deutsch. Jugendliche benutzen diese Kurz-Sprache und freuen sich, wenn Lehrer und Eltern darüber die Stirn runzeln. Auf indigniertes Nachfragen des Erziehungspersonals können die Kinder meist den korrekten deutschen Satz formulieren. Aber das ist zeitraubend und umständlich. Wozu also lang, wenn es kurz genauso gut geht.

Nehmen wir als Beispiel das Gespräch zwischen zwei deutschen Schülern:

„Gehst du U-Bahn?"
„Nein, ich bin Fahrrad."

Das ist leicht zu verstehen:

„Gehst du mit mir gemeinsam zum U-Bahnhof?"
„Nein, ich bin heute mit dem Fahrrad unterwegs."

Wer kommunziert schon so manieriert!

Beispiel 2: Der Lehrer tadelt auf dem Schulhof einen Jugendlichen, weil er raucht. Der Schüler antwortet herablassend: „Ich bin aber Martin Luther." Der Lehrer gibt sich zufrieden.

Das ist schon etwas schwieriger aufzuschlüsseln. Der Raucher ist von einer anderen Schule, von der Martin-Luther-Oberschule. Beide Schulen teilen sich den Pausenhof, haben aber andere

Hausregeln. „Ich bin Martin-Luther“ heißt also: „An meiner Schule, der Martin-Luther-Oberschule, darf ich rauchen. Sie sind ein Lehrkörper des anderen Erziehungsinstituts und haben mir gar nichts zu sagen!“

Beispiel 3: Die Lehrerin wandert auf der Klassenfahrt durch den Reisebus und notiert die Wünsche der Schüler. Heute werden zwei Gruppen gebildet. Eine besucht das Schmetterlings-Gehege, die andere das kleine Heimatmuseum. Vier Abiturientinnen sitzen zusammen, die Sprecherin erklärt: „Yasmin Schmetterling. Die anderen alle auch Schmetterling.“ Vom Verfall deutscher Kultur und Sprache akut bedroht, fragt die Lehrerin entsetzt: „Wie bitte?“ Yasmin sagt entnervt: „Ich möchte gern das Schmetterlingshaus besuchen, die anderen drei auch.“

„Das ist eben Jugendsprache“, erklärt Vanessa ungerührt. „Das hat mit Ausländerdeutsch gar nichts zu tun. So reden wir alle. Das ist viel bequemer.“

Mit Aussagen wie „Frau, ich hab Dings!“ kann auch das einigermaßen kundige Lehrpersonal nichts anfangen. Selbst, wenn die Schülerin dabei klagend die Hand auf den Rücken hält. Nach intensivem Nachfragen wird folgende Information zu Tage gefördert: „Frau Grabert-Nötzel, ich verspüre heute starke Rückenschmerzen und kann deshalb leider nicht am Sportunterricht teilnehmen.“

Wenn man den ganzen Tag „Kurz-Sprak“ hört, erwischt es einen selber irgendwann. Abends fragt die Lehrerin ihren Sozialpartner: „Gehen wir heute China?“ „Nein, ich hab' Abi.“ Hier die Übersetzung für hochdeutsch sprechende Menschen und Gymnasiallehrer:

„Wollen wir heute abend gepflegt essen gehen? Vielleicht in das neue chinesische Restaurant am Stadtpark? Ich lade dich auch ein.“

„Nein, das geht leider nicht, ich muss noch die Abiturvorschläge ausarbeiten. Morgen ist der Abgabetermin.“

Mittlerweile nutze ich die enormen Vorteile der Kurzsprache ganz bewusst in meinem pädagogischen Alltag. Statt umständlicher Aufforderungen wie: „Würdest du bitte an deinen Platz gehen, Fee Nike? – Hör sofort damit auf, Max-Adam deinen Atlas auf den Kopf zu hauen! – Der Unterricht hat angefangen. Setz dich endlich hin, Quirin.“ sage ich nur noch kurz und knapp: „Platz! – Aus! – Sitz!“ Das funktioniert fantastisch.

Privatsache

Gegen ein kleines Entgelt kann man Transatlantikflüge recht angenehm in der ersten Klasse verbringen. Mit weißen Tischdeckchen und eigenem Telefon. Und ohne größere Thrombosegefahr. Der beflissene Flugbegleiter begrüßt einen mit Namen und trägt Mantel und Gepäck zu einem geheimen Ort. Von dort kehrt er mit der ausführlichen Speisekarte und einem Glas Champagner zurück. Auch längere Fahrten in der Deutschen Bahn lassen sich sehr viel besser in der ersten Klasse aushalten. Dort studieren sparsam verteilte Reisende in leeren Abteilen die Börsennachrichten, während sich im Großraumwagen quiekende Kinder, müffelnde Hochsommeropfer, erregte Fußballfans und müde Koffersitzer dicht gedrängt auf die Nerven gehen. Die Erste-Klasse-Touristen müssen sich nicht in den Speisewagen bemühen. Ein Kellner trägt ihnen auf. Und wer möchte nicht nach einer kleinen Lifestyle-Operation lieber im privaten Einzelzimmer ausheilen – ohne die Körpergeräusche anderer Patienten? Mit Besuchszeiten rund um die Uhr? Ein geringer Aufpreis – und schon lebt es sich viel besser.

Das gilt natürlich auch für die Schule. Der Staat garantiert eine mäßige Grundausbildung für alle. Mit Minimalausstattung: bröckelnde Gebäude, eklige Toiletten, enge Klassenräume. Und – wie die Presse zu betonen nicht müde wird – mit vergreistem, weinerlichen Lehrpersonal, das längst auf die Halde gehört. Wer etwas Erlesenes will, muss eben in die Tasche greifen. Der Trend zur Privatschule verstärkt sich. So, wie die Kluft zwischen Reich und Arm, Gebildet und Ungebildet in Deutschland stetig wächst. Zeitungen sind voll mit Werbeanzeigen feinster Internate. Journalisten besuchen begeistert die blühende Privatschullandschaft. Schwärmen vom katholischen Modellgymnasium oder der jahrgangsübergreifenden Elite-Dorfschule. Junge, motivierte Lehrer werden angepriesen, die segensreich in Kleinstgruppen tätig werden. Der begüterte Nachwuchs kann nebenbei reiten, segeln oder Rosen züchten. Am liebsten würden viele Eltern ihre Kinder schon in der Grundschule von der Spreu trennen und weit weg von jedweder integrativen Zumutung unterbringen.

Ganz früher waren Privatschulen fast verpönt. Dort landete, wer an staatlichen Schulen gescheitert war. Dorthin schoben Eltern mit ausreichend Kleingeld den nicht so pflegeleichten Nachwuchs ab. Für Lehrer galten Privatschulen als sehr ferne Möglichkeit des pädagogischen Broterwerbs. Heute dagegen werden Privatschulen als die einzig innovativen Anstalten des Landes gerühmt, als Werte vermittelnde Grundinstanzen, schülerzugewandt und erfolgsorientiert, PISA-bewährt und feudal ausgestattet.

Wer aber trägt die Schuld an der deutschen Bildungsmisere? Nein, keinesfalls die jeweils Regierenden, die manchmal von Schulpolitik keine Ahnung haben. Die Reformen nur halbherzig „andenken" und nicht genug Geld in die Bildung investieren wollen. (Angeblich ist ja keins da.) Also lassen sie die Lehrer als Sündenböcke aufmarschieren. Wenn es an Privatschulen so vortrefflich läuft, wieso schaffen das dann die staatlichen Schulen nicht? „Ist doch klar", sagt der gut informierte Bürger, „fortbildungsresistente Uralt-68er, Unterricht wie vor 100 Jahren und Lernen im Gleichschritt." Das liest er ständig in seiner Zeitung. Muss also stimmen!

In Berlin weist jede Jahresstatistik aus, dass man im grünen, wohlhabenden Bezirk Zehlendorf sehr viel länger und gesünder lebt als im verarmten Kreuzberg. Mit Sicherheit liegt das an den unfähigen Kreuzberger Ärzten, die sich nicht weiterbilden und sich nicht bemühen. Ausgebrannt und teilnahmslos lassen sie die Patienten an sich vorbeidefilieren, während der Zehlendorfer Arzt jung, dynamisch und engagiert ist. Blödsinn? Der gravierende Unterschied zwischen Kreuzberg und Zehlendorf soll am Gesundheitsbewusstsein und am Lebensstandard der Anwohner liegen??? – Sieh an!

Bei all den aktuellen Lobliedern auf Privatschulen müsste einem nachdenklichen Journalisten doch mal auffallen, dass sich mit 10 bis 15 Kindern einer eher bildungswilligen und betuchten Elternschaft natürlich ein ganz anderer Unterricht machen lässt als mit 34 „staatlichen Schülern", die in ihrem Lern- und Sozialverhalten alle gesellschaftlichen Probleme widerspiegeln. Rumpelstilzchen konnte Stroh zu Gold spinnen, aber kein Berufstätiger wird dadurch leistungsfähiger, dass er immer mehr (unlösbare) Aufgaben übertragen bekommt, im Bürokratiekram erstickt und sich in Sitzungen aufreibt. Da ist es schon ein guter Aprilscherz, dass es angeblich nur „motivierte Junglehrer", ein wenig guten Willen und lustige „Methodenvielfalt" braucht, um unsere bildungs- und gesellschaftspolitischen Probleme ganz preiswert zu lösen.

Undankbare Gören

Mein Kollege und ich haben den lieben Kleinen in der Mensa ein Eis gekauft. Jedem eins. Manchmal entwickeln wir solche eigenartigen Gelüste, wenn uns die Sympathie für unsere 8. Klasse übermannt. Die Kinder ziehen mit ihrem Eis an uns vorbei, sehen mich bezahlen und sagen gerührt zu meinem Kollegen: „Danke, Herr Spä-hächt." Eigentlich heißt der Mann Specht. Aber die Mädchen ziehen seinen Namen immer so anbetend in die Länge. Ich knurre leise. Wer hat denn gelöhnt? Mein Kollege weist die Kinder darauf hin. Pflichtschuldig bedanken sie sich bei mir, aber längst nicht so ergriffen.

Die beiden letzten Unterrichtsstunden entfallen wegen einer Konferenz. Ich überbringe den Schülern die frohe Botschaft. Draußen auf dem Schulhof, kaum noch in Rufweite, flaniert Kollege Specht mit einer attraktiven Oberstufenschülerin, die noch viele Fragen wegen des Abiturs hat. Obwohl es meine wertvollen Stunden sind, die ausfallen, rufen die Gören überwältigt aus dem Fenster: „Danke, Herr Spä-hächt!" Als wäre es sein persönliches Verdienst, dass sie früher ins Freibad kommen.

Wir sollten mal wieder eine Fete veranstalten. Finde ich. Das hebt die Stimmung und fördert den sozialen Zusammenhalt. Mein Kollege stimmt ungnädig zu. Wenn ich mit den Schülern alles organisiere, ist er bereit, an dem Abend mit Aufsicht zu führen. Wem danken die Kinder beglückt? Dreimal dürfen Sie raten. Und wem servieren sie am Party-Abend alle seine Leibgerichte? „Kosten Sie mal die Käse-Sahnetorte, Herr Spä-hächt!" „Den Salat habe ich extra für Sie gemacht, Herr Spä-hächt!" „Wollen Sie vielleicht noch eine Bulette?"

Specht ist zum Repräsentieren und Gernhaben, ich bin – wie Mami daheim – fürs Grobe und die lästigen Alltagspflichten zuständig. Außerdem für die Versäumnisse meines männlichen Kollegen. Wenn er sich auf einem Zeugnis vertippt, wenden sich die Kinder vorwurfsvoll an mich. Verspricht er den Schülern Fotos von ihrer Fete und hält die ein Jahr lang versteckt, fordern die Gören sie von mir ein. Wollte er ihnen Süßigkeiten für überfällige Klassenarbeiten mitbringen, reklamieren die Kinder bei mir. Wo sie mich entrüstet und vergrämt zur Rede stellen, säuseln sie und flöten, wenn Kollege Specht im Türrahmen erscheint.

Klar, werden Sie denken, sie ist halt eine alte Megäre, und Specht ist jung, knackig und liebenswert. Hat sich was. Wir sind gleichaltrig, in Schüleraugen geradezu uralt (weil weit über 30), beide gleich dem Essen zugetan, beide erziehungsmäßig auf einer Linie. Und dennoch werden meine „Dienstleistungen" nicht so honoriert wie seine, obwohl ich natürlich viel schöner und geistreicher bin!

Auf einem Schulfest tanze ich mit einem Kollegen, zehn Jahre älter als ich, Vertrauenslehrer, umschwärmt und beliebt. Aus Jux klatschen wir ein Schülerpärchen ab, dessen weibliche Hälfte sofort selig am Hals meines Kollegen hängt, während der junge Mann mir angeekelt um die Taille greift, um den Tanz fortzusetzen. Das Leben ist ungerecht!

An unserer Riesenschule gibt es genauso viele Lehrerinnen wie Lehrer. Aber wer übernimmt die Sozialarbeit? Wer organisiert Buffets und Weihnachtsbasare? Wer bekämpft in Jungen- und Mädchengruppen antiquiertes Rollenverhalten? Genau, die Muttis, die Lehrerinnen. Und wen wählen die Schüler dafür zum Vertrauenslehrer? Und zu dessen Stellvertreter? Genau, die Vatis, die Lehrer.

Das Rollendenken macht natürlich bei den Kindern nicht halt. Wenn man als Lehrerin mit Eltern redet, passiert es häufig, dass die ihre Antworten vertrauensvoll an den schweigend dabeisitzenden männlichen Kollegen richten. Oder sie fragen bei Elternabenden nochmal beim Kollegen Specht nach, ob es korrekt war, was ich in seiner Abwesenheit erzählt habe. Und hören sich andächtig genau dasselbe noch mal an. Von einem Mann vorgetragen, wiegen wichtige Worte einfach mehr. Als eine engagierte Kollegin den neuen, aber faden Sportlehrer ankündigt, seufzen die Eltern bewegt: „Endlich mal ein Mann! Wie schön."

Mein Verstand erklärt mir geduldig, dass den Schülern und Schülerinnen eben männliche Bezugspersonen fehlen, warmherzige und gefestigte Persönlichkeiten. Davon gibt es leider nur wenige. Sagt mein Verstand. Aber mein Gefühl knurrt: Undankbare Gören!

Einem männlichen Lehrer fressen die kleinen Ungeheuer natürlich aus der Hand

Produktive Unruhe

In der Nachbarklasse warten sie auf ihren Lehrer. Brüllen, Kreischen, Rumpeln, Poltern. In regelmäßigen Abständen wirft sich jemand gegen die Wand. Wir schreiben gerade eine Arbeit. Meine Schülerinnen und Schüler sehen mich vorwurfsvoll an. Also pilgere ich nach drüben und gebe meinen Schülern notgedrungen die Gelegenheit zur klärenden „Rücksprache", was ich mit meinen Aufgaben wohl gemeint haben könnte. Nebenan tobt fröhliches Chaos. Ich stelle auf Bauchatmung um und brülle: „Seid ihr noch bei Trost?" Da erhebt sich aus dem Getümmel eine Kollegin und fragt irritiert: „Was ist denn los? Hast du irgendein Problem?" Ich bitte um Ruhe, weil wir gerade eine Arbeit schreiben, und komme mir blöd vor, eine Kollegin zu ermahnen. Es wird tatsächlich fünf Minuten lang etwas leiser. Dann kracht und johlt es weiter. Was soll ich tun? Mich noch mal unbeliebt machen? Hat nicht die Kollegin letztens auf einer Konferenz so überzeugend erklärt, dass „produktive Unruhe" im Unterricht allemal förderlicher sei als diszipliniertes Strammsitzen, vielleicht noch im Frontalzwangsverband?

Im Lehrerzimmer ärgern wir uns, dass wir den Elternunterschriften auf den Zeugnissen seit Wochen hinterherrennen. Ich erkläre sauer: „Beim dritten Vergessen müssen meine Schüler etwas abschreiben." Einer der fortschrittlichen Kollegen lächelt mokant: „Was für eine mittelalterliche Pädagogik!" Wenn seine Klasse in der Bücherei „arbeitet", hat keine andere Gruppe eine Chance, etwas in Ruhe zu lesen. In dieser äußerst „kreativen Unruhe" bewerfen sich seine Schüler hinter den Regalen mit brandneuen Deutschlektüren. Ich mische mich diesmal nicht ein. Das ist sicher Freiarbeit oder selbstbestimmter Unterricht. Da lernen die Schüler eine Menge über Erdanziehung und freien Fall. In der Pause treffe ich die liberal erzogenen Schüler im Flur: Einer liegt am Boden, der andere hält ihm drohend seinen Fuß übers Gesicht. Beide sehen verbissen aus. Ich sortiere sie auseinander und informiere den Klassenlehrer. Er führt mir am nächsten Tag feixend seine beiden Kampfhähne zu und lässt sie beteuern, das sei doch alles nur ein Witz gewesen. Anschließend empfiehlt mir der Kollege ein wenig mehr Humor im Schulalltag

Spiel- und Sporttag im 7. Jahrgang: Ich muss in der Turnhalle eine fremde Klasse mitbetreuen. Eigentlich mögen Siebtklässler Ballspiele. Aber nur acht von diesen 32 Schülern haben Sportsachen dabei. Die anderen geben Fuß-, Frauen- und Rückenleiden als Entschuldigung an. Der Klassenlehrer produziert zwei vorwurfsvolle Sätze: „Das finde ich jetzt aber gar nicht gut. Wer soll denn nun unsere Klasse beim Wettbewerb vertreten?“ Dabei entfaltet er seine Zeitung und setzt sich bequem in eine Ecke. Die Kinder rennen voller Bewegungsfreude mit ihren Straßenschuhen über die Bänke, aber das sieht er ja glücklicherweise nicht mehr. Auch nicht, wie ich ihnen hinterhüpfe und sie zum Sitzen nötige. Ich denke sauer: „Wenn das meine Schüler wären, würden wir jetzt im Klassenraum schön Rechtschreibung üben, wenn alle keine Lust haben, Sport zu machen.“ Als habe er meine Gedanken gehört, hebt der Kollege den Kopf von der Zeitung und murmelt: „Soll ich mich jetzt groß aufregen? Da bestrafe ich mich doch nur selber!“

Derselbe Kollege steht beim nächsten Wandertag, auf dem ich ihn leider begleiten muss, desorientiert auf dem U-Bahnsteig. Da er vorher nicht besprochen hat, wie so eine Fahrt abzulaufen hat, ist ein Teil der Schüler bereits eingestiegen, ein anderer Teil kauft am Kiosk Kaugummis, der Rest wartet mit mir am Fahrscheinautomaten auf das Wechselgeld und wird diesen Zug ganz sicher nicht schaffen. Der Kollege winkt hektisch, damit die voreiligen Schüler wieder aussteigen. Die Bahn fährt an, das letzte Kind springt aus dem Waggon und fällt hin. Gott sei Dank ist nichts passiert. Aber solchen Kollegen passiert seltsamerweise nie was, auch nicht, wenn sie auf Ausflügen im Eilschritt vorneweg marschieren und ihnen die Klasse blindlings über die Straßen folgt. Die Autos werden schon anhalten. Fragt man als Begleitlehrer vor so einem Ausflug, ob den Kindern alle Regeln klar sind, erntet man ein erstaunt-mitleidiges Lächeln.

Dichterlesung. Der Schriftsteller kommt aus Israel, um deutsche Kinder über den Holocaust aufzuklären. Die Schüler sind still, betreten und traurig. Aber in der Runde von hundertfünfzig Besuchern gibt es auch einige, die ganz ungeniert quatschen und sich köstlich amüsieren. Ich drehe mich um und fauche fünf Reihen rückwärts, aber da ich nicht ihre direkte Bezugsperson bin, juckt das die vier Mädchen eines anderen Jahrgangs herzlich wenig. Ihre Begleitlehrer haben sich zu dritt in die letzte Reihe gesetzt. Da können sie die Lesung konzentrierter verfolgen als zwischen ihren kichernden Schülern … Der Autor aus Israel, der seine Familie im Dritten Reich verloren hat, ist ein sehr gütiger, weiser und humorvoller Mann. Sonst würde er diese Vortragsreisen quer durchs Neue Deutschland kaum aushalten. Er bittet die Gruppe um etwas mehr Ruhe, aber das unterdrückte Kichern ist weiterzuhören. Nicht einer der Kollegen, die in der Nähe sitzen, fühlt sich bemüßigt, die Quatscher zu beruhigen oder rauszuschicken. Wenn ich mich jetzt durch die Stuhlreihen nach hinten drängle und mit ihnen Streit anfange, bringt das noch mehr Unruhe in die Diskussion. Voller Wut warte ich auf das Ende der Veranstaltung. Eine der Kolleginnen erklärt mir tadelnd: „Du hast aber enge Toleranzgrenzen. Bei so einem Thema ist es doch ganz normal, dass die Kinder herumalbern und quatschen. Das ist einfach eine Art

Abwehr, um sich von dem schrecklichen Thema abzulenken."
Was soll man dazu sagen?

Im Gegensatz zu uns „mittelalterlichen Pädagogen" sind diese „modernen" Kollegen wahre Menschenfreunde.

Sich selbst gegenüber.

Winnetou und Nepomuk

Meine Freundin kam sichtlich erschüttert aus ihrer neuen Klasse und berichtete von einer Schülerin, die Mona Lisa Klumpe hieß. Wenig später tauchten in ihrer Gruppe noch die Zwillinge Falk und Wolf auf. Seitdem sammle ich Namen, die das verzweifelte Bemühen von Eltern demonstrieren, ihr einzigartiges Produkt möglichst originell und unverwechselbar zu benennen.

Dafür gibt es historische Vorbilder: Zuckmayer soll seine Tochter auf den Zweitnamen Winnetou getauft haben. Die Anhänger der russischen Revolution nannten ihre Kinder Lenina und Wladlen (aus: Wladimir Lenin) und ein paar Jahre später, im Zeichen des sozialistischen Fortschritts, Sputnik oder Rakete.

Laut Presseberichten gibt es bei uns störrische Standesbeamte, die nicht alles dulden: beispielsweise Jesus als Zweitname für Mädchen oder Pumuckl, aber ansonsten lassen sie eine Menge durchgehen. Das Kind von meinem Zahnarzt heißt Nepomuk.

Viele Namen stammen aus dem Bereich der Pop-Musik: Eine Madonna habe ich zwar noch nicht in meiner Liste, aber jede Menge Roys, Ringos, Brians und Elvisse. Auch Varianten aus der ernsten Musik finden sich: Jutta-Tosca, Sonata, Kadriye (gesprochen wie „Quadrille“) oder Tuba. Selbst geographische Phänomene laufen in Schülergestalt herum: Volkan und Tayfun. Gut, das sind türkische Schüler, nichtsdestotrotz bedeuten ihre Namen Vulkan und Taifun. Bei türkischen Mädchennamen stieß ich auf Buket, Sultan und Kismet.

Eltern wälzen nicht nur in Bibeln und anderen religiösen Schriften nach Noahs, Balthazars und Cosma Shivas, sondern auch in alten Sagen und Geschichtsbüchern. Und sie werden fündig: Cassandra, Kleopatra (mit Nachnamen: Pratzschwitz), Ariadne und Indira heißt dann der Nachwuchs. Frei assoziiert nach historischen Vorbildern flitzen Justian, Cassian und ein kleines Mädchen namens Che durch die Klasse. Ob die Eltern sich heimlich freuen, dass sie nicht selbst mit solchen beknackten Namen durchs Leben gehen müssen?

Besonders gefallen mir klangvolle Varianten, bei denen man merkt, dass sich die ganze Familie Mühe gegeben hat: Jennifer Jennings, Buster Busch, Kurt-Lutz oder Ingo-Lutz. Das zergeht einem förmlich auf der Zunge! Das klingt wie eine schöne Melodie: Anne-Suse, Laura-Larissa, Cemal-Kemal, Joey-Blue. Wahrscheinlich mussten einige Babies nach mehreren Erbonkeln und -tanten gleichzeitig benannt werden. Leider finden sich solche auserlesenen Vornamen mit ganz schnöden Nachnamen gekoppelt: Sven-Kevin Müller oder Tamara-Aphrodite Fuchs. Aber das Kind kann sich bei der Heirat ja einen schönen Doppelnamen zulegen. Wie es zum Beispiel Orlando-Merlin Hegenbarth-Eimer gelungen ist oder Dana-Victoria Hirschmann-Flegel.

Fernweh und Sehnsucht nach Exotischem brechen sich in manchen Kindernamen ungehemmt Bahn. Jedoch haben die Eltern nicht immer eine glückliche Hand bei der Wahl. Pech, wenn man nicht weiß, dass „Madlen" und „Jaklin" eigentlich französisch sind und sich ein ganz klein wenig anders schreiben. Pech, wenn kleine Mädchen mit russischen Männernamen herumlaufen müssen: Kolja, Nikita und Sascha. Hauptsache, originell!

Apropos originell: Es war einmal ein Ehepaar, das zeugte sieben Kinder. Entzückt von ihrer Verbundenheit gaben sie jedem Kind eine Mischung aus ihrer beiden Vornamen (Ingrid und

Herbert) mit auf den Weg: Alle Töchter hießen mit Zweitnamen Hergrid und alle Söhne Ingbert.

Manchmal haben die kreativen Eltern allerdings Pech, und ihr einzigartiger Vorname taucht als Massenepidemie auf, je nachdem, wie beliebt der Schlagersänger oder die Schauspielerin war: Dann heben, wenn der Lehrer ruft, immer gleich drei Doreens, Mandys und Enricos den Kopf oder – je nach geographischer Lage des Bundeslandes – Lauras, Ginos und Florians. Auch in anderen Ländern gibt es das Bemühen um schöne Namen: In einem dänischen Filmabspann entdeckte ich eine „Paprika", in amerikanischen Filmen eine „Bära" und ein(e) „Mädchen". Hauptsache, die Leute haben später genug Geld zum Umtaufen!

Nachdem ich nun zwei Jahre lang eine „Sanella" und eine „Kader" unterrichten durfte, habe ich mir selber ein paar hübsche Varianten überlegt und stelle sie gegen ein kleines Entgelt gerne zur Verfügung. Für eine Tochter eignen sich: Polka, Mazurka, Nivea, Nugat, Koralle, Mortadella, Lawine, Tundra, Taiga, Opal oder Kettensäge.

Für einen Sohn empfehle ich Spagat, Balkon, Hurrikan, Krokant, Brikett, Filet, Karneval, Katapult, Persil, Diamant oder Gulasch.

(Aus Gründen des Daten- und Persönlichkeitsschutzes habe ich natürlich bei Nennung von Vor- und Zunamen die Nachnamen klanglich verfremdet, ihre phonetische Einzigartigkeit jedoch zu wahren gewusst!)

Messies

Warum wird jemand Schulleiter? Angeblich wollen diese Menschen etwas gestalten, etwas grundlegend ändern, etwas voranbringen. Behaupten sie. In Wirklichkeit wollen sie einfach nur ein eigenes Zimmer haben, einen repräsentativen Schreibtisch und eine Tür, die sie hinter sich schließen können. Ein privates Waschbecken, einen eigenen Computer, viele Bücherregale und einen kleinen Springbrunnen. Einen Kühlschrank, ein Radio und eine Ledersitzgarnitur. In manchen Schulen haben sie sogar ein eigenes Klo! Mit Papier, Seife und Handtüchern!

Bitte Ohren zuhalten! Jetzt geht ein kollektiver Aufschrei durch alle Amtssitze. Selbstverständlich arbeiten Schulleiter und Schulleiterinnen, wenn ihre Türen geschlossen sind, hart und angestrengt. Ihre Köpfe rauchen, das Telefon klingelt, Papierberge wachsen, vom Alltag gebeutelte Schüler und Lehrer werden väterlich oder mütterlich wieder aufgebaut. Wer's glaubt! Die Schulleiter sitzen einfach nur an ihrem Schreibtisch, genießen Platz und Ruhe und denken mit Schaudern an die Zeiten zurück, als sie sich wie das einfache Fußvolk in der Schule herumdrücken mussten. Mit Mühe eine freie Ecke im Lehrerzimmer fanden und sich deswegen von Praktikanten begrinsen lassen mussten, weil sie in der Pause stur auf „ihrem" Platz sitzen wollten. Wo doch in allen Büros der freien Wirtschaft, in allen Zeitungsredaktionen der Welt jeder Mitarbeiter morgens erst mal einen freien Schreibtisch oder einen Hocker suchen muss, auf den er seine Sachen legen kann. Falls ihm das nicht gelingt, lauert er in einer Ecke darauf, dass jemand auf die Toilette geht, dessen Platz er dann augenblicklich okkupiert.

Wenn Schulleiter etwas Spaß haben wollen, wandern sie durch die Lehrerzimmer und schütteln indigniert den Kopf: „Hier wächst es ja schon wieder zu! Morgen komme ich mit einem großen Müllsack und sammle alles ein, was noch rumliegt!" Zerknirscht senken seine Lehrer-Domestiken die Köpfe. Niemand muckt auf. Wie auch, haben sie doch Treue und Hingabe geschworen. (Wer es noch nicht wissen sollte: §§ 18 ff. LBG regelt die Hingabepflicht des Beamten. Mal nachlesen und wirken lassen!) Still greifen die Gescholtenen nach ihrem Hab und Gut und überlegen, wo sie es verstecken könnten. Wohin mit Kastanienmännlein, Riesenzirkel und Geo-Dreieck? Wohin mit Heftstapeln, Klassenlektüren und Schülerzeichnungen? Eigentlich ist das nicht wirklich ein Problem. Jeder Kollege hat im Lehrerzimmer ein Zauberfach: von außen winzig, von innen riesengroß. Da könnte er täglich all seinen Plunder unterbringen. Dort ist ausreichend Platz für Aktenordner, Nachschlagewerke und Videos. Für Tupper-Schüsseln und Thermoskannen. Aber nein, der gemeine Lehrer stapelt seinen Kram auf Tischen und Schränken und stört damit mutwillig die Außenwirkung der Schule. Häufig kommen Elternvertreter, Erste-Hilfe-Kursleiter, Polizisten und Schulbuchverkäufer zu Besuch und können auf dieser Schutthalde kaum ein Plätzchen finden. Wenn die Besucher wichtig sind, empfängt sie der Schulleiter in seiner Sitzgarnitur und lässt Kekse und Tee reichen. Dann müssen sie sich nicht in die Notunterkünfte der Lehrer begeben.

Bedauerlicherweise befinden sich in vielen Kollegien Nörgler und Quengler. Sie bremsen vehement die gute Idee der Ganztagsbetreuung – nur mit dem Vorwand, dass ihnen in den Schulen nicht genügend Arbeitsplatz zur Verfügung stehe. Sie pochen sogar auf Internetzugang! Diese Querulanten weist der Schulleiter gern darauf hin, dass es an anderen Schulen noch viel enger sei. Er selber habe früher mit dem Laptop auf den Knien, dem

Leberwurstbrot in der Rechten, dem Kaffeebecherchen in der Linken im Erdkundekabinett oder im Umkleideraum gehockt. Und das ging auch!

Manchmal verirrt sich der Schulleiter in die Klassenräume. Dort sitzen Schüler in ihren Mänteln und Anoraks, dabei könnten sie ihre Wintersachen ganz bequem hinten auf dem Fußboden stapeln. Ihre riesigen Rucksäcke versperren den Durchgang. Sportbeutel liegen in den Ecken und müffeln leise vor sich hin. Warum mieten die Kinder nicht so ein niedliches, kleines Schließfach von dieser gewitzten Privatfirma an? Vielleicht bekommen sie sogar ein Fach auf Augenhöhe und müssen nicht jede Pause auf dem Fußboden knien, um nach ihren Atlanten und Apfelschnitzen zu kramen. Eigentlich könnten die Klassenlehrer von ihrem fetten Gehalt mal einen Satz Bilderrahmen kaufen, heimelige Zimmerpflanzen anschaffen oder einen Teppichboden legen lassen. Naserümpfend betrachtet der Schulleiter die ungemütlichen und verdreckten Unterrichtsräume. Hurtig begibt er sich in seine Residenz zurück und macht die Tür fest hinter sich zu.

Mea culpa, mea maxima culpa

Wer ist schuld am Alkoholismus? Die skrupellosen Winzer natürlich. Wer ist schuld an Raucherlungen und Fettleibigkeit? Die geldgierigen Ärzte. Die steigende Kriminalität geht aufs Konto unfähiger Staatsanwälte und Richter. Und wer ist schuld an der „neuen" Bildungsmisere? Keine Frage: der deutsche Lehrer. Leistungsmäßig Lichtjahre entfernt vom koreanischen oder finnischen Lehrkörper. Weil er sich nicht fortbildet und immer älter wird. Trotz fetten Gehalts und angenehmster Arbeitsbedingungen verstockt und unwillig ist. Hinterhältig ausländischen und sozial benachteiligten Kinder alle Bildungschancen vorenthält. Nicht mit den Kindern Texte erschließt und Prozentzahlen berechnet, sondern … Ja, was machen die deutschen Lehrer eigentlich all diese Jahre, die ihnen die Kinder ausgeliefert sind? Die Presse weiß es: Die einen unterrichten immer noch wie vor 150 Jahren und sind nicht bereit, sich modernen Zeiten anzupassen, und die anderen, die bösen 68er, wollen den lieben, langen Tag nur diskutieren, in sich hineinhören und lehnen die Werte des Abendlandes rigoros ab.

Auch ich bin schuldig an der deutschen Bildungsmisere. Unfähig, faul und „ausgebrannt". In den letzten Ferien bin ich z.B. ins benachbarte Ausland gefahren, anstatt mich – wie in allen anderen Berufen üblich – im Urlaub fortzubilden. Im letzten Halbjahr habe ich häufig Frontalunterricht veranstaltet und weder Stuhlkreise noch andere demokratische Formationen gebaut. Wo doch bereits eine veränderte Sitzordnung und die Gruppenarbeit mit den kippelnden und stänkernden Nachbarn einen enormen Lernzuwachs bedeuten. Ich gestehe, ich habe die neue pädagogische Heilslehre, die Klippert-Methode, oft nicht zur Anwendung gebracht.

Nicht immer habe ich motivierende Extra-Aufgaben und fächerübergreifende Projekte für meine kleinen Hochbegabten, für die Kinder nichtdeutscher Herkunftssprache, für die Legastheniker und für die armen Ritalinschlucker* entwickelt. Tatsächlich müssen die 34 Kinder meiner 7. Klasse einfach oft zur gleichen Zeit dasselbe tun. Und manchmal lasse ich sie wochenlang nicht chatten oder im Internet surfen. Ich weiß, das ist entsetzlich und hemmt ihren Lernzuwachs so sehr, dass sie weit hinter irgendwelchen Schwellenländern auf der Strecke bleiben.

Auf dem ersten Elternabend höre ich viele Vorwürfe, weil ich meine Hausaufgaben nicht erledigt habe: genug unbeschädigte Stühle für die 34 Kinder aufzutreiben, die Wände neu zu streichen, die Gewaltbereitschaft in der Klasse zu dämpfen, erfolgreiche Prävention gegen Sucht und Suchtmittel zu betreiben, religiöse und politische Toleranz zu erkämpfen, für die Chancengleichheit der Mädchen und der sozial Benachteiligten und für eine wirksame AIDS-Prophylaxe zu sorgen. Noch immer fehlen etlichen Kindern rudimentärste Umgangsformen und sprachliche Ausdrucksmittel. Ihr Bewegungsapparat degeneriert unter meiner Aufsicht. Trotz meiner lockeren Halbtagstätigkeit und der vielen Ferien ist es mir bisher nicht gelungen, die schlechten Ernährungsgewohnheiten meiner Schüler zu verändern, die Schultoiletten zu renovieren und suspekte Schulfremde fernzuhalten. Manchmal schaffe ich es auch nicht, als Medienclown durch die Klasse zu wirbeln, um sekundenlang mit den Fernsehgewohnheiten der lieben Kleinen konkurrieren zu können. Stattdessen langweile ich sie mit Grammatikregeln und dem Grundgesetz zu Tode.

---

* Ritalin ist ein umstrittenes Psychopharmakon, was für Kinder mit ADHS (Aufmerksamkeitsdefizits- und Hyperaktivitätssyndrom) empfohlen wird.

Mein Unterricht und die Sprachfähigkeit meiner 34 Schüler wären mit Sicherheit besser, wenn der Schulrat öfter zur Kontrolle vorbeikäme und ich mich mehr von begnadeten außerschulischen Experten fortbilden ließe: „Durch Selbstevaluation und Selbstmotivation zur Selbstkompetenz". Stattdessen quäle ich mich in Selbstvorwürfen, wenn im Treppenhaus der Schulleiter vorwurfsvoll mit dem Lehrplan wedelt. In Geschichte liege ich weit hinter Barbarossa zurück, und in Deutsch wäre längst die Komik in Kleists „Zerbrochenem Krug" dran. Stattdessen habe ich wieder die Zeit in der Klasse damit vertrödelt, geklaute Portemonnaies aufzuspüren, Streithähne zu beruhigen, Graffiti-„Künstler" zu stellen und Ethik im Umgang mit anderen zu vermitteln („Du schwule Sau, du bist ja voll behindert!").

Glücklicherweise zeichnen sich erste Lösungsansätze am Horizont ab: z.B. die ganztätige Präsenzpflicht der Lehrer an den Schulen. Wenn sich alle täglich 10 Stunden in vollen Klassen und engen Lehrerzimmern herumdrücken würden, wäre der Erfolg deutscher Bildungseinrichtungen im internationalen Vergleich immens! Und wie in allen übrigen Berufen erhöhen sich Leistungsbereitschaft und Motivation der Beteiligten erheblich durch regelmäßige Arbeitszeiterhöhungen, verstärkte Kontrollen, Weihnachtsgeldkürzungen und öffentliche Beschimpfungen. Wir Lehrer müssen uns endlich ein bisschen mehr bemühen! Woran sollte der Bildungsnotstand sonst liegen?

Endlich Hitzefrei!

Der stellvertretende Schulleiter hat die Saison eröffnet: Er entlässt die Kinder bei 32 Grad zwei Schulstunden früher ins Freibad. Falls sie bei all den Schließungen und Sparmaßnahmen noch ein offenes finden.

Kaum blinzelt nun morgens die Sonne durch die Frühnebel, drücken sich die ersten Kinder ganz unauffällig vor dem Schulsekretariat herum. Die Badesachen auf dem Rücken versteckt, schielen sie nach dem offiziellen Thermometer. Fragen ganz höflich und bescheiden: „Gibt's heute Hitzefrei?" Die Sekretärin lacht. Es sind schließlich nur 15 Grad Celsius. Sie hat sich ihre Strickjacke umgelegt. Mittags lacht die Sekretärin nicht mehr. Bis dahin haben ihr nämlich ungefähr 600 Schülerinnen und Schüler diese Frage gestellt.

Verstohlen reiben die Kinder am Thermometer. Unter den Augen des Hausmeisters kann man leider das Feuerzeug nicht dran halten, wie es der große Bruder von Florian empfohlen hat. Lustlos schleppen sich die Schüler in die Klassenräume. Keine Stunde beginnt ohne die existenzielle Standardfrage: „Gibt's heute wirklich kein Hitzefrei?" Schüler wollen bei tropischen Temperaturen von 25 Grad keine Arbeiten schreiben, wollen nicht den langen Weg zur Tafel auf sich nehmen. „Muss ich wirklich?" Selbst das Anheben eines Bleistiftes fällt unendlich schwer. Ermattet sinkt der Kopf auf die Tischplatte. Widerstandsfähigere Kinder können sich noch mit ihren Heften ein wenig Luft zufächeln. Sehnsüchtig wandert der Blick nach draußen. Wird die Sonne nun endlich den Nebel durchbrechen und die Stadt zum Kochen bringen?

Mitten im Mathe-Unterricht platzt es aus Anna heraus: „An der HaPe-Kerkeling-Grundschule hätte es jetzt schon längst Hitzefrei gegeben!" Tumult bricht aus, die Lehrerin sprüht sich verstohlen etwas Thermalwasser ins Gesicht. Die Tür zum Flur ist geöffnet, damit die stehende Luft ein wenig zirkulieren kann. Jeder Kollege und Schüler, der draußen vorbeigeht, wirft einen interessierten Blick ins Geschehen.

„Können wir nicht draußen Unterricht machen?" Eine blendende Idee! Die Mathe-Lehrerin führt in eindeutiger Geste ihren Zeigefinger in Richtung Stirn: Schüler, die träge irgendwo im Gras rumliegen und sich sonnen, und ein erhitzter Lehrkörper, der unterm Lindenbaum gegen den Lärm vom Sportplatz und von der benachbarten Baustelle anschreit. Feixende Schüler im Rücken, die aus unerfindlichen Gründen gerade eine Freistunde haben.

Leises Surren ist aus den hinteren Bankreihen zu vernehmen. „Was ist das denn?" Böse entwindet die Lehrerin Anna einen Mini-Ventilator. Batteriebetrieben, mit einer Schnur zum Umden-Hals-hängen. Den lässt die Lehrerin flugs in der eigenen Tasche verschwinden. „Den bekommt deine Mutter am Elternsprechtag zurück!" „Im Winter brauche ich ihn aber nicht mehr!" sagt Anna sauer.

Sechste Stunde. Noch immer keine Rettung in Sicht. Der Klassenlehrer grinst mitfühlend. Soll er den Kindern sagen, dass die Schulleiterin ein Büro auf der schattigen Seite der Schule hat? Und sommerliche Temperaturen überaus liebt, weil sie dann in ihrem Zimmer endlich mal den Mantel ausziehen kann? Allerdings gibt es Tage, an denen sich auch die Schulleiterin nach der 600. Schülerfrage geschlagen gibt und zum Schullautsprecher wandert. Tausend Köpfe fahren dann hoch, wenn es im Gerät leise raschelt. Endlich kommt die heiß ersehnte Ansage: „Die Mittelstufe hat heute nach der sechsten Stunde Schluss." Vermutlich denkt die Schulleiterin jetzt geschmeichelt, der Jubelschrei aus tausend Kehlen gelte ihr persönlich. Aus den kühlen Kellerräumen steigt der tiefe Groll der Oberstufe empor. Ab Klasse 11 gibt es kein Hitzefrei mehr.

Im muffigen Verwaltungstrakt trifft sich das Kollegium zu nachmittäglichen Fach- und Zensurenkonferenzen. In einem engen Raum hockt es vertraulich aufeinander, ein wahres Vergnügen bei 33 Grad. So manches Deo hat versagt. Hier darf die Tür für etwas Durchzug nicht geöffnet werden, weil ein verirrter Schüler im Flur wichtige Betriebsgeheimnisse aufschnappen könnte. Der Tisch steht voller warmer Seltersflaschen, und die Mathe-Lehrerin freut sich diebisch, als sie in ihrer Tasche Annas batteriebetriebenen Mini-Ventilator findet.

Der abendliche Wetterbericht verspricht eine drastische Abkühlung. Macht nichts. Am nächsten Morgen stehen die Schüler wieder vor dem Sekretariat und reiben am Thermometer.

Methodenkasperle

Das Referendariat hat mir unheimlich viel gebracht. Nicht meins. Das meiner Stieftochter. Wie die meisten Lehrer habe ich mich seit dem Krieg nicht mehr fortgebildet, und so war die zweite Ausbildungsphase meiner Stieftochter auch für mich sehr lehrreich. Dankbar kopiere ich all die wundervollen Dinge, die man ihr mit auf den pädagogischen Parcours gegeben hat.

Zum Beispiel korrigiere ich nicht mehr mit Rot. Eine belgische Studie hat herausgefunden, dass rote Anmerkungen die Schüler erschüttern. Lindgrün hingegen stimuliert sie zu guten Leistungen!

Für meine neue 7. Klasse habe ich am Strand 34 große Steine gesammelt und mit der Wurzelbürste sauber geschrubbt = symbolischer Akt für meinen Willen zum Neubeginn. Die Schülerinnen und Schüler haben ganz schnell „begriffen", dass sie damit die Grundsteine ihrer schulischen Bildung in die Hände bekommen und dass diese Kiesel sinnbildlich für all die Steine stehen, die sie im Leben schlucken müssen. Es sind auch Zaubersteine: Wenn man sie fest drückt und ganz still in sich hineinhört, erzählen sie einem die schönsten Geschichten. Wir spielen pantomimisch einige Redensarten: ein Stein fällt vom Herzen, Stein und Bein schwören, den Stein der Weisen suchen. Im Nu ist die erste Stunde vorbei, die Kinder laufen begeistert auf den Hof und üben: „… der werfe den ersten Stein!"

Derweil verteile ich 34 Toblerone-Schachteln auf den Tischen. Natürlich leer. Ich mäste doch meine Schüler nicht mit Fett und Zucker! Nachher verklagen sie mich noch. Wenn mein eigener Mathe-Lehrer früher detaillierte Förderpläne für mich aufgestellt hätte, könnte ich die Toblerone-Schachteln sicher korrekt benennen. Prismen, Rhomben? Nur soviel: Sie sind dreieckig und haben drei längliche Flächen, die wir jetzt bunt bekleben. Sollte ich mich ausnahmsweise zu politisch unkorrektem Frontalunterricht hinreißen lassen, zeigen mir die Schüler die Toblerone. Sehe ich die grüne Seite, heißt das: „Sehr interessant, Frau Frydrych. Ich lausche Ihnen fasziniert!" Kritisch wird es, wenn mir die gelbe Fläche zugedreht wird: „Ihr Vortrag beginnt mich zu langweilen. Ich möchte jetzt selbstbestimmt an meiner Methodenkompetenz arbeiten!" Sehe ich rot, ist es leider zu spät. Der Schüler hat sich in die innere Emigration zurückgezogen und bedeutet mir, ihn zu wecken, wenn ich fertig bin. Das gelingt mir höchstens noch mit einem kleinen Laufdiktat. Ich hänge die Übungstexte an die Tür der Sporthalle, und die Schüler galoppieren los, um sich – je nach Gedächtnisleistung – einen Satz oder ein Wort einzuprägen und im Klassenraum zu notieren. Die Deutschausbilderin meiner Stieftochter schwört auf Laufdiktate. Mich stimmen die schlechten Ergebnisse eher missvergnügt – methodische Verkrustungen beim Lehrpersonal sind halt nur schwer aufzubrechen. Dabei habe ich die „freizeitorientierte Schonhaltung" längst hinter mir gelassen und widme mich intensiv meiner „qualifizierten Selbstevaluation".

Trotzdem fällt es mir noch sehr schwer, Kontrollsucht und Machtstreben aufzugeben. Aber meine Stieftochter hat im Seminar gelernt: Die Lehrerin hält sich zurück. Sie lenkt nicht, greift nicht ein und drängt sich nicht auf. Sie bereitet lediglich das Material so genial zu, dass die Schüler selber herausfinden, was sie lernen sollen – ich meine natürlich: *wollen*. Ich kann mich leider kaum bremsen, wenn Schüler bei der Gruppenarbeit Walkman hören, wenn nur einzelne intensiv arbeiten und die anderen einfach abschreiben, wenn falsche Ergebnisse präsentiert werden und mein binnendifferenzierendes Zusatzmaterial unbeachtet liegen bleibt. Ich weiß, das wird sich mit der Zeit alles von selbst regulieren. Nur – wo kommt die Zeit dafür her? Ich beiße – wie so oft in den letzten Wochen – auf meinen linken Daumen und lächle tapfer. Mein besorgter Hausarzt hat mir die Adresse einer Gesprächsgruppe in die Hand gedrückt: „Schmerz als Schrei der Seele".

Ich bin aber schon in zwei anderen Gruppen organisiert: „Handpuppeneinsatz im Geschichtsunterricht" und „Kreatives Selbstmanagement". Heute lernen wir Zaubertricks für Anfänger. Ja, auch der „Phantasiemuskel" muss trainiert werden, will ich meinen Schülern „Gedankenbonbons", „Traumreisen" und „Sprech-Räume für Erzähllandschaften" bieten. Mit einem Methodenkoffer voller „Schreibanlässe", „Hör- und Fühltagebüchern" und anderen Fördermodulen verlasse ich hochzufrieden die teure Fortbildung. Ich spüre, wie tief in mir das „motivationale Fundament" stetig wächst.

Das Leben eines Lehrers könnte so einfach sein. Es beginnt mit der richtigen Sicht der Dinge. Wer aufmerksam Zeitung liest, hat es längst begriffen: Der deutsche Schüler ist von Natur aus aufgeschlossen und wissbegierig. Veraltete Methoden und verkalkte Lehrer aber deformieren ihn, zwingen ihn zu Passivität und Desinteresse. Das muss nicht sein! Schon der Besuch eines einzigen Klippert-Seminars wird Ihren Unterricht revolutionieren. Was mit der Stoffvermittlung bisher kaum oder nur mühsam geklappt hat, weil Ihre Klasse zu voll und zu laut war, Sie sich zu ausgelaugt und zu erschöpft fühlten, das läuft von ganz allein und in konzentrierter Ruhe ab, wenn Sie und Ihr gesamtes Team (oder arbeiten Sie etwa noch als isolierter Einzelkämpfer?) endlich klippern gehen und ein paar Textmarker kaufen!

Danach können Sie zu den wesentlichen Dingen vordringen: Keine Deutschstunde ohne Standbild! Meine Stieftochter baut ständig literarische Schlüsselszenen nach und diskutiert mit den Schülern darüber: „Du warst die Desdemona und wurdest gerade erwürgt. Wie fühlte sich das für dich an?" Niemals würden Sie so wertvolle Erkenntnisse mit zähem Frage-Antwort-Unterricht gewinnen! Das Standbild kann man auch in anderen Fächern zum Einsatz bringen. Lassen Sie in der Aula die deutsche Nationalversammlung von 1848 zusammentreten. Stellen Sie den Prager Fenstersturz nach. Natürlich hat das statische Standbild seine methodischen Grenzen. Aber wer hindert Sie daran, pantomimisch und szenisch weiterzuarbeiten? Van Gogh schneidet sich im Kunstunterricht ein Ohr ab, Pestkranke ziehen in Geschichte durch mittelalterliche Stadtkerne, Bazillen und Viren überschwemmen in Biologie den menschlichen Körper. Das macht Freude, das bringt Bewegung in die Klasse! Ähnlich arbeite ich auch im erlebnisorientierten Grammatikunterricht: Meine Schüler sind Satzteile und arrangieren sich immer wieder neu: „Ich bin das Akkusativobjekt. Und wer bist du?" „Ich bin der konjugierte Teil des Prädikats. Ich stehe vor dir! Stets und ständig!" Bastian spielt am liebsten das Komma. Da kann er sich nach den neuen Regeln hinstellen, wo er will. Wird es mir zu unruhig, gehe ich zum „stummen Gespräch" über. Ich schreibe auf Plakate Sätze mit starkem Aufforderungscharakter: „Geist ist geil!" oder „Ein Tritt in den Hintern ist oft ein Stoß ins Glück" – und die Schüler notieren dazu im Wechsel ihre wertvollen Gedanken: „So ein Scheiß. Können wir nicht mal wieder anständigen Unterricht machen?"

Zu meiner Basisausstattung gehören jetzt Scheren und Alleskleber. Jedes Gedicht, jedes Lied landet zerschnitten beim Schüler. Auch die Kunstkollegin gibt Picasso- und Dürer-Reproduktionen nur noch zerhäckselt aus. Beim Puzzeln lernen die Kinder so unendlich viel über Kunstwerke! Zugegeben, ich hatte einige Probleme mit der „Zauberflöte“: Die Schüler brauchten Monate, um den ersten Akt wieder zusammenzufügen. Aber welche Welten taten sich ihnen auf! Kreativ nähern wir uns auch anderen Klassikern. In Musik stellt sich jedes Kind den Frühling vor und sucht einen passenden Ton. Dann summen alle im Chor ihre Frühlingstöne und gewinnen einen völlig neuen Zugang zu Vivaldis „Vier Jahreszeiten“. Die Schulleiterin, durch hochfrequente Dissonanzen angelockt, kann dieser Methode nichts abgewinnen. Nun ist sie allerdings als Physiklehrerin auch nicht sehr innovationsfreudig. Sie meint, als einzige zu sehen, dass der Kaiser in Wirklichkeit nackt ist. Sie hält natürlich auch nichts vom Stationenlernen. Das ist das alte Zirkeltraining aus dem Sportunterricht, nur nicht mit Hanteln und Keulen, sondern mit Zimbeln und Rasseln, Mikroskopen und Erlenmayerkolben. Der Lehrer muss sich ein Mal intensiv vorbereiten (ungefähr sechs Wochen lang) und massenhaft Material ausarbeiten. Danach beschäftigen sich die Schüler ein Halbjahr ganz allein mit ihren Lernkarteien, Lösungsbogen und entsprechendem Zusatzfutter.

Großen Lernerfolg verspricht auch die „Gebetsmühle“. Die Schüler werden im Doppelkreis formiert. Jeder spricht 30 Minuten lang ein unregelmäßiges Verb oder eine Vokabel vor sich hin. Ständig werden die Plätze gewechselt, und am Stundenschluss weiß jedes Kind 30 neue Formen. Wie ergiebig wird dieses Verfahren erst, wenn die Klassenfrequenzen auf 45 erhöht sind!

Wenn Sie inhaltlich ausnahmsweise mal ins Schwimmen geraten: schnell ein Blitzlicht machen. Wir beleuchten unsere momentane Lernsituation und Befindlichkeit. Jeder Schüler geht mal kurz in sich und sagt, wen oder was er dort getroffen hat. Aber Sie finden sicher selber noch intelligente Kombi-Lösungen.

Im Psycho-Ratgeber lese ich, dass man schwierigen Schülern einfach die nackten Fußsohlen massieren muss, um sie zu beruhigen. Manchmal hilft auch ein Glas heißes Wasser, dann kommt ihr Chi wieder ins Fließen, und sie dreschen nicht mehr auf den Nachbarn ein. Zu meiner völligen Verblüffung habe ich erfahren, dass Humor im Schulalltag ganz wichtig ist! Einem berühmten Pädagogikpapst folgend, stürze ich mich einmal täglich auf einen Schüler, wahlweise auch auf eine Schülerin, bohre ihm oder ihr meinen Finger in den Bauch (falls er durch Kleidung verhüllt ist) und sage mit gespielter Entrüstung: „Du warst es! – Ich weiß zwar nicht, was du gemacht hast, aber – du warst es!" Die anfängliche Irritation weicht befreiendem Gelächter. Und schon habe ich mit geringem Aufwand für eine entspannte zwischenmenschliche Atmosphäre gesorgt. Dieser humorvollen Attacke folgen in der Regel die ergiebigsten Unterrichtsergebnisse! Wie von Zauberhand!!!

Wenn die schönsten Methoden nicht frommen, der Schüler schulaversiv im Leistungstief versinkt, gar schwänzt oder Mitschüler drangsaliert, dann mache ich einfach einen Vertrag. Schüler und Eltern unterschreiben unsere wechselseitig getroffenen und zukunftsweisenden Vereinbarungen. In zweifacher Ausfertigung. Mit ihrer Unterschrift fühlen sich alle fest gebunden und ändern schlagartig ihr Verhalten. Die Eltern übernehmen wieder Verantwortung für ihren Sprössling. Der Schüler lernt in strebsamer Dankbarkeit und wechselt nach dem neuen Ruckzuck-Abitur auf eine Elite-Universität.

So, ich muss jetzt 29 individuelle Grammatikarbeitsbogen erstellen und zwei Lektionen Kirgisisch für meine beiden Hochbegabten ausarbeiten! Vielleicht schaffe ich es noch, heute Abend weiter an meinem Buch zu arbeiten: „Animation und Bühnenpräsenz im Lateinunterricht der Primarstufe".

Öder Frontalunterricht ist mega-out!

Projektunterricht ist toll! Brotbacken nach Rezepten der Bronzezeit

Hiermit kündige ich

Meine Lieblingssendung im Fernsehen läuft zweimal wöchentlich. Sie ist nur kurz, kommt mit wenigen Schauspielern aus und versetzt dennoch die ganze Nation in Spannung. Sollte ich die Sendung versäumen, versuche ich sofort im Internet oder über eine Hotline den aktuellen Stand zu eruieren. Meistens bin ich enttäuscht. Das interaktive Fernsehen ist leider noch nicht so weit, dass ich in das Geschehen entscheidend eingreifen könnte. Dabei würden mir persönlich sieben Handlungsschritte völlig reichen: 2, 9, 13, 24, 31 und 45. Superzahl 7.

Laut Statistik ist es wahrscheinlicher, dass ich in der Badewanne von Piranhas angefallen oder beim Skatspielen vom Blitz getroffen werde, als dass ich anständig im Lotto gewinne. Es ist sogar wahrscheinlicher, dass irgendwann in Deutschland sinnvolle Bildungspolitik betrieben wird.

Trotz dieser geringen Aussichten investiere ich monatlich viele Euro ins Glücksspiel. Der Verkäufer mit den traurigen Augen kennt mich schon. Neulich hat er mir dreimal über die Schulter gespuckt, damit ich endlich Glück habe. Gebracht hat es nichts. Ich vermute, das falsche Aas macht das bei allen Kunden. Wenn er mir meine üblichen 2,50 Euro auszahlt, faselt er immer von den Anfängen meiner Million. Witzbold. Er füllt auch selber Tippscheine aus und verkauft sie ratlosen Kunden. Aber meine Zahlen haben alle eine große Symbolkraft: Geburtstage, Partnertage, der Eintritt in den Schuldienst und andere historische Eckdaten. Irgendwann werden die Zauberzahlen wirken. Ich weiß es. An meinem letzten Geburtstag (das ist die vierte Glückszahl) habe ich alle meine PSI-Kräfte gebündelt zum Ziehungsgerät geschickt. Das hat bei den ersten drei Zahlen fantastisch geklappt. Ich war schon ganz unruhig. Dann kam mein Partner ins Zimmer und sagte vorwurfsvoll: „Das Klopapier ist alle.“ Sofort brach mein telepathisches Feld zusammen, und es blieb bei drei Richtigen. Auch die medialen Kräfte meiner Erbtante haben nicht geholfen. Sie ist in der Lage, im Traum die Zukunft vorauszusehen. Das funktioniert aber anscheinend nur bei misslungenem Käsekuchen und Todesfällen im Nachbarhaus. Als ich sie beauftragte, ihr Unterbewusstsein auf Lottozahlen zu konditionieren, nannte sie mir am nächsten Tag: 58, 67, 299 und 1345.

Missmutig beobachte ich die vielen Konkurrenten, die ich habe. Statt sinnvolle Zusatzrenten abzuschließen, um sich im Alter mal ein Gebiss oder ein schönes Bruchband anschaffen zu können, bilden viele Lehrer Lottokollektive (obwohl sie sonst Teamarbeit hassen wie die Pest) und geben ihre fetten Überstundenhonorare für todsichere Tipps aus. Speichern im klapprigen Schulcomputer die Gewinnzahlen des letzten Jahrhunderts, während der Kollege daneben unruhig zappelt, weil er ans Zeugnisprogramm muss.

Einmal hat es bei mir tatsächlich geklappt! Die grinsende Lottofee präsentierte mir sechs Richtige. Internet und Hotline bestätigten das Glück. Euphorisch verbrannte ich meine Pensionsberechnungen und die letzten Oberstufenklausuren auf dem Balkon und begoss die Glut mit Champagner. Ich verkündete meiner Mutter meinen unmittelbar bevorstehenden Umzug in die Südsee. Sie könne mich aber jederzeit besuchen. Ich würde mir einen Privatjet zulegen. Mutter als aktive Altruistin empfahl mir, ein Internat mit handverlesenem Inventar zu eröffnen. Ich wollte jedoch nach 22 Jahren Schuldienst lieber Grünstirn-Amazonen züchten.

Ich konnte kaum den nächsten Montag abwarten. Im Schulhof warf ich meine ganzen Ersparnisse unters Volk und freute mich, wie sich Schüler und Kollegen um die Scheine balgten. Der Schulleiter war etwas indigniert, als ich ihm die Glatze küsste. Seine Frage nach meinem Wohlbefinden beantwortete ich mit Götz von Berlichingen. Im Rausgehen warf ich ihm meinen zentnerschweren Schlüsselbund zu. Leider durchbrach er den teuren Flachbildmonitor. „Kein Problem, ich kaufe euch allen neue Computer!"

Als die Männer mit der weißen Zwangsjacke in der Schule eintrafen, war ich längst wieder daheim und buchte Flüge nach Polynesien. Die Nachbarn lud ich abends zu einem „Tag der Offenen Tür", und sie räumten begeistert meine Wohnung aus. Nur das Handwörterbuch der Erziehung und Klipperts Methodentraining blieben übrig. Meine Koffer standen bereit, da kam mein Partner mit der Morgenzeitung. „Heute sind die Quoten rausgekommen." Ungefähr zweihundert Bundesbürger hatten dieselben Zahlen getippt wie ich.

Von den 20.000 gewonnenen Euro haben wir unser morsches Badezimmer saniert und bei LIDL einen neuen Flachbildmonitor gekauft. Der Schulleiter hat huldvoll meine Entschuldigung akzeptiert, nachdem ich bereit war, meine geistige Gesundheit beim Amtsarzt untersuchen zu lassen. Nette Schüler und Kollegen haben mir einen Teil meiner Ersparnisse zurückgegeben und einen Wohltätigkeitsbasar veranstaltet. Lotto spiele ich nicht mehr. Sollten Sie mit meiner eingangs erwähnten Tippserie Erfolg haben, möchte ich mindestens zu 50 Prozent beteiligt werden!

Lass sie doch einfach mal trommeln

Der neue Musiklehrer stellt sich dem Kollegium vor. Da freut sich die Kunstlehrerin. Und der Religionslehrer erst! Endlich ein Leidensgenosse, der in der pädagogischen Rang- und Hackordnung mit ganz unten steht. Zwar wird allerorts geklagt, dass in den Schulen die künstlerischen Fächer zu kurz kommen und die Musiklehrer fehlen, im Stillen nehmen jedoch weder Eltern noch „Hauptfach"-Kollegen Musik und Kunst besonders ernst – und die Schüler schon gar nicht. Wen juckt denn bitte eine Vier oder Fünf in Musik? Dieselben Kinder, die beim Mathe-Lehrer freiwillig die Tafel wischen und andächtig zuhören, johlen in Musik um die Wette, frühstücken, lesen Zeitung oder überprüfen ihr Make-up.

„Du musst sie halt begeistern!", hört der neue Kollege. Wie soll er begeisternd wirken, wenn er vor Lärm keinen einzigen Satz beenden kann? Im Referendariat bekam er immer nur kleine handverlesene Wahlkurse, damit er anständige Prüfungen machen konnte. Mit ganzen Klassen verschonte man ihn. „Hast du denn mal überlegt, warum dir die Schüler so begegnen?", fragt die Sozialpädagogin mit professionellem Vorwurf in der Stimme. Der Musiklehrer versinkt noch tiefer in Selbstzweifeln und Selbstvorwürfen. „Der Gruß des Lehrers ist die Klage!" spottet sein Jugendfreund, bei dem er sich ausweinen will. Der Jugendfreund wartet Maschinen, keine pöbelnden Schüler. „Trommel doch mal mit ihnen! Lasst die Aggressionen frei!", rät die anthroposophische Musikerfreundin. Die Trommelstunde ist ein voller Erfolg. Klangstäbe fliegen durch die Klasse, Tamburine werden am Kopf des Nachbarn auf ihre Tonqualität hin getestet. Die Schüler lernen, dass man durch intensives Trommeln die Membran einer Snare-Drum kleinkriegt. Und den

Musiklehrer dazu. „Das war ja heute laut bei Ihnen!“, beschwert sich der Physikkollege. Er unterrichtet im Raum darüber. Seine Gruppe wurde geteilt. Physik ist schließlich ein wichtiges Fach. Er muss nur 16 Schüler „begeistern“, nicht 32.

Im Handbuch für den Schulalltag liest der neue Musiklehrer, dass er Disziplinproblemen durch pädagogische Professionalität, Elan, Ideen und Begeisterungsfähigkeit begegnen könne. Bedauerlicherweise hatten die beiden Verfasser nie die Gelegenheit, ihre wertvollen Ratschläge selber im Schuldienst auszuprobieren. Als ähnlich „realitätsnah“ erweist sich der Rahmenplan für Musik. Er sieht u.v.a. die Beschäftigung mit Kadenzen und Sonatensatzformen vor. Einmal begegnet der Musiklehrer auf der Straße seinem ehemaligen Gitarrendozenten. „An einer Schule sind Sie jetzt? Was für eine schöne, befriedigende Aufgabe, mit jungen Menschen zu arbeiten!“

Irgendwann interessiert sich der neue Musikkollege dafür, wo seine Amtsvorgänger abgeblieben sind. Der Künstler mit der Violine und der Querflöte hat sich kurz vor dem Herzinfarkt an die Musikschule nebenan geflüchtet. Dort betreut er nur noch einzelne Freiwillige. Die harmoniebedürftige Kollegin, die als Zensuren immer nur Einsen und Zweien vergab, musiziert jetzt lieber daheim mit ihren eigenen drei Kindern. Aus anderen Schulen hört man von Frühpensionierungen und Hörstürzen der Fachkollegen und von einem älteren Herrn, der 26 Wochenstunden ausschließlich Musikunterricht gab. Angeblich ließ der nur noch die Vorhänge zuziehen und die Schüler in Ruhe „ihre Musik“ hören. Bei der Supervision outen sich Kollegen, die mal ein Jahr lang fachfremd Musikunterricht übernommen haben und heilfroh sind, dieser Aufgabe wieder entronnen zu sein. Vereinzelte Musikkolleginnen aus dem Grundschulbereich erklären jedoch, dass sie ihrer Tätigkeit ausgesprochen gerne nachgehen.

„Du hast es gut. Du kannst mit den Schülern ein bisschen singen“, flötet der Englischkollege im Schulflur. Er ahnt nicht, wie gern der Musiklehrer in eben diesem Moment sein Zupf- als Schlaginstrument einsetzen würde. Er zieht schließlich in den Kampf und nicht zum Minnedienst. Zehntklässler zum Singen zu bewegen, erfordert persönliche Stärke, Gleichmut und unempfindliche Ohren. Die Referendarin, die heute hospitiert, kann ihr Naserümpfen kaum unterdrücken, als sie dem Grölen lauscht. Sie träumt noch von Atemtechnik, Stimmbildung und lieblichem Chorgesang. Monate später wird sie froh sein, wenn überhaupt ein Schüler auf ihren Wunsch hin das Liederbuch und die Lippen öffnet.

Als Politiker verkünden, dass aus Gründen gerechterer Arbeitsverteilung die Sport- und Musiklehrer mit ihren läppischen Nebenfächern mehr arbeiten sollen als z.B. die hoch belasteten Deutschlehrer, schließt sich der neue Kollege fahrenden Musikanten an und ward nicht mehr gesehen. Es heißt, er habe einen Eid abgelegt, nie wieder eine Schule zu betreten.

„Wir investieren in die Bildung!"

Das haben wir Politiker nach PISA (und vor den Wahlen) erst mal spontan versprochen. Seither warten Eltern, Schüler und Lehrer naiv auf Verbesserungen im Bildungswesen. Vorwurfsvoll beanstanden sie, dass nicht mehr Geld als vorher in die Schulen fließt. Aber, meine Lieben, wo steht denn geschrieben, dass Investitionen Geld kosten müssen? Wir Politiker mobilisieren menschliche Ressourcen, das ist direkter, unmittelbarer und wesentlich billiger. Tausende Rentner sitzen daheim vorm Fernseher und kraulen ratlos ihre Dackel. Wissen nicht, wohin mit ihren Energien und ihrer Lebenserfahrung. Also ab mit ihnen in die Schulen. Dort können sie Lesehilfe leisten, Hausaufgaben betreuen, den Geschichtsunterricht ersetzen und mit den lieben Kleinen werken und basteln. Ehrenamtlich natürlich. Denn kosten darf Bildung möglichst nichts. Ist ja im Grunde Privatsache. Vor zweihundert Jahren konnten sich auch nur begüterte Menschen eine gediegene Ausbildung für ihre Kinder leisten. Nicht alles von früher ist schlecht! Deshalb beleben wir auch die Dorfschule wieder, nennen das „jahrgangsübergreifenden Unterricht" und verkaufen es als die innovative Methode. Schüler bringen sich gegenseitig etwas bei, Lehrer geben nur noch Arbeits- und Lösungsblätter aus. So können sie ohne weiteres 50 statt 25 Kinder betreuen. Auch das ging früher in Dorfschulen problemlos. Und: Hat es jemandem geschadet??

Anfangs setzen wir die ehrenamtlichen Rentner nur als Nachmittagsbetreuung ein, aber wenn sie sich eingearbeitet haben, können sie nach und nach (gegen eine geringe Aufwandsentschädigung) auch den Vormittagsunterricht übernehmen. Wir benötigen dadurch immer weniger Lehrer und können für das

Geld mehr Bankbürgschaften übernehmen, einen unternehmerfreundlichen Spitzensteuersatz einführen und schöne neue Panzer kaufen.

Weiterhin sehen wir uns mal unter den frühpensionierten Lehrern um. So manchem geht es ja blendend, seit er nicht mehr in die Schule muss. Was liegt näher, als alle noch mal beim zuständigen Gesundheitsamt vorzuführen? Die Amtsärzte bekommen eine gewisse Provision für entsprechende Begutachtungen. Und dann zurück ins Glied mit den Berufsflüchtlingen! Natürlich nicht mit vollem Gehalt, sondern mit der gekürzten Frührente.

Seit PISA wissen wir, dass die Lehrerausbildung schlecht und viel zu teuer ist und dass die meisten Schüler ohnehin kaum auf ihre unfähigen Lehrer hören. Deshalb aktivieren wir alles, was in der Lage ist, zu laufen, zu zählen und zu buchstabieren. „Lehrer kann jeder"! Die ersten „berufsfremden" Referendare bereiten sich in Niedersachsen gerade auf den Schuldienst vor. Nicht alle haben einen Hochschulabschluss, aber das macht nichts. Mit Menschen hat jeder schon mal zu tun gehabt, eigene Schulerfahrung können auch alle Bundesbürger vorweisen, und das bisschen Wissen über pädagogische Methoden oder den Umgang mit Jugendlichen, z.B. an sozialen Brennpunkten, eignet man sich im (selbstverständlich verkürzten!) Referendariat ganz nebenbei und mühelos an. Mit neuen Medien oder der Jugendsprache können all die ehemaligen Versicherungsagenten, Matrosen, Scherenschleifer, Orthopäden und die anderen pädagogisch Berufenen sowieso viel besser umgehen, als die ganzen faulen Beamten-Lehrer, die sich nie fortgebildet haben. Die niedersächsischen „Frischlinge" aus anderen Berufen haben übrigens den erfreulichen Altersdurchschnitt von 47 Jahren. Wir brauchen schließlich unverbrauchte Kräfte in den Schulen, mit neuen Ideen und jugendlichem Elan! Diese Umschulungen kosten Geld? Ein wenig schon. Aber auf gar keinen Fall so viel wie ein überlanges Lehramtsstudium. Und: Wer spät Lehrer wird, bekommt weniger Rente.

Wir investieren auch in die Bildung, indem wir z.B. in Berlin die Lehrerarbeitszeit weiter erhöhen. Da schlagen wir zwei Fliegen mit einer Klappe: Zum einen ist die Bevölkerung entzückt. Den ungeliebten Lehrern gönnt jeder von Herzen, dass sie mal so richtig hart rangenommen werden. Zum anderen ist auch diese Maßnahme ausgesprochen kostengünstig, denn wir sparen jede Menge versprochene Neueinstellungen. Und die Lehrer, alt und resigniert, wie sie sind, machen ohnehin kaum noch den Mund auf und schlucken alles. Altersermäßigung gibt es für sie schon lange nicht mehr. Wozu auch? Keine Ahnung, wer sich diesen Quatsch vor Jahren mal ausgedacht hat. Als ob der Schuldienst mit den munteren Kleinen im Alter anstrengender wäre.

Sie können also versichert sein, dass wir wirklich etwas für die Bildung tun: kostenlose Rentner als Nachhilfelehrer, zwangsrekrutierte Frühpensionäre und berufsfremde Bildungssöldner. Mit diesen genialen Innovationen bringen wir Glanz und Schwung in deutsche Schulen. Wir können getrost in die Zukunft sehen!

Fürs Leben lernen

Horst hat viele Jahre an einem bolivianischen Gymnasium unterrichtet. Nun kommt er aus dem Auslandsschuldienst zurück und freut sich auf das Gnadenbrot an seiner alten Schule. Am Eingang, wo früher naive Kinderzeichnungen hingen, verkündet eine große Tafel: „Unsere Sieger – unsere Besten". Prämiierte Lehrer und Schüler lächeln mit gefletschten Zähnen auf den Betrachter herunter. Horst liest verwundert, welche Wettbewerbe sie gewonnen haben: „Chemie trifft Tanz – eine ungewöhnliche Kompetenzerweiterung", „Der Metzger und seine Verantwortung für die Zukunft" oder „Schüler konzipieren eine Werft". Der Flur steht voller Vitrinen. Überall Pokale, Urkunden und Medaillen. Horst staunt. Ist Wettbewerb nicht etwas Schädliches? Schmälert nicht die oft zufällige Heraushebung eines Einzelnen die Leistung aller anderen? Was ist aus „Miteinander statt gegeneinander" geworden?

Das ehemalige Sekretariat heißt jetzt „Service-Center", die Sekretärin „Management-Assistentin". Sie meldet Horst mit den Worten „Die schulscharfe Bewerbung ist da!" Der „Schulmanager" entpuppt sich als der frühere Direktor. „Na, Horst, wieder zurück? Von ‚schulscharf' kann aber keine Rede sein. Da haben sie dich mit dem angeforderten Kollegen für Consulting und Product Placement verwechselt. Deine Fächer Arbeitslehre und Sozialkunde brauchen wir nicht. Dafür haben wir genug Ein-Euro-Kräfte. Deshalb bist du erst mal für die Außenwirkung zuständig."

Außenwirkung – ein magischer Begriff. Er fällt im folgenden Gespräch pausenlos. Horst ist verblüfft über die neuen Schulfächer Globalisierung, Monopolisierung, Industriedesign und Werbepsychologie. „Wir richten unseren Unterricht hochmodern an den Bedürfnissen der Sponsoren aus. Der mittelalterliche Fächerkanon ist abgeschafft, wir arbeiten nur noch projekt-, produkt- und handlungsorientiert. Natürlich in jahrgangsübergreifenden Flexibilitätsteams. Bei uns zerhackt keine Pausenklingel den Einsatz für die Wirtschaft", erklärt der Schulmanager stolz. Horst bekommt einen Riesenstapel teurer Hochglanzbroschüren. „Das sind alles Wettbewerbsausschreibungen. Du kannst dich damit ins Evaluationsbüro setzen. Sieh zu, dass unsere Schule möglichst oft gewinnt. Das ist ganz wichtig für die ...!" „Außenwirkung, ich weiß", ergänzt Horst spöttisch. Deshalb drückt ihm der Schulmanager noch die DVD „Positive Thinking – auch für den Lehrer" in die Hand.

Horst ist entlassen. Hochgradig verwirrt. Das soll moderne Schule sein? Dem Kapital direkt in die Hände spielen? Schüler zu willfährigen Sklaven der Wirtschaft drillen? Was ist aus systemkritischer Erziehung geworden? Er traut sich nicht zu fragen. Bevor er sich seiner neuen Aufgabe widmet, sucht er eine der Jungstoiletten auf. Die schweinischen Graffiti an den Wänden sind noch größer und bunter geworden, es stinkt wie vor 20 Jahren, Klopapier und Seife sucht Horst vergeblich. Vielleicht sollte eine Sanitärfirma mal den Wettbewerb „Unser Klo soll schöner werden!" ausschreiben. „Warum gehst du denn auf die Schülerklos?", fragt eine Kollegin. „Wir haben im Sponsoren-Tower japanische Toiletten mit digitaler Körperanpassung." Und nicht nur das. In diesem Trakt stehen weiche Ledersessel, wachsen exotische Grünpflanzen, summt ein Getränkekühlschrank, schwimmen Fische durch Aquarien. Hier haben gemeine Schüler keinen Zutritt, nur die „Brainware-Group" darf sich Gratifikationen im Head-Hunter-Büro abholen. Im übrigen Gebäude bröckelt nach wie vor der Putz von den Wänden, stützen Pfeiler marode Deckenkonstruktionen, zwängen sich Schüler in uraltes Mobiliar und blinzeln durch verdreckte Fenster in die Sonne.

Horst stellt sich resigniert der Realität. Wenn der Staat kein Geld hat, muss eben die Wirtschaft ran. Aber warum kommt das viele Geld, das in Wettbewerbsbroschüren, Plakate und lustige Preise investiert wird, nicht gleich den Schulen zugute? Und zwar allen Schülern! Aber es geht ja auch gar nicht um die Förderung maroder Schulen, denkt Horst erbittert, es geht um Werbung, um Steuerersparnis, darum, den Rahm abzuschöpfen. Hier wollen sich Verbände und Jury-Mitglieder nur selber darstellen. Die DVD „Positive Thinking" hat Horst nur widerwillig im Multi-Media-Stützpunkt angesehen. Trotzdem überlegt er gewissenhaft, welcher Wettbewerb der Schule nützen könnte. „Schüler – die Aktionäre von morgen. Ein Planspiel im Future Camp" vom Badischen Stahlkontor und der Capital-Bank bietet immerhin Preisgelder von 10.000 Euro. Oder lieber „Innovationen und Kreationen – wir entwerfen Ski-Unterwäsche"? Da gibt es Schuluniformen für die ganze Anstalt.

Horst, der alte 68er, entscheidet sich für einen Wettbewerb, der Leseförderung für alle verspricht. Man kann eine ganze Schulbücherei und eine Reise zur Londoner Nationalbibliothek gewinnen. Gestiftet von einer Teigwaren- und einer Keksfabrik, unter der Schirmherrschaft des Altgriechischlehrer-Verbandes. Kollegen und Schüler werfen sich mächtig ins Zeug. Basteln Toncollagen und Eye-Catcher. Werkeln, schneiden, scannen und beamen. Die Schule gewinnt mit ihrer spritzigen Powerpoint-Präsentation tatsächlich einen Preis. Der Schulmanager öffnet vor der Gesamtkonferenz, jetzt „Staff meeting", gewichtig den großen Umschlag. Die Kollegen in ihren Sponsoren-Shirts warten gespannt auf das Ergebnis: Die Schule bekommt kistenweise Buchstabensuppe und -kekse, ausreichend für die nächsten 200 Jahre. Na, ist das nix?

Schluss mit der Weiberwirtschaft

Woran es liegt, dass Jungen unordentlicher schreiben, größere Schulprobleme haben, öfter sitzen bleiben und mehr randalieren als Mädchen? Nein, es ist nicht das Testosteron im Blut, das angehende Männer zu willenlosen Opfern ihrer Hormone macht. Oder gar die rudimentäre Vernetzung der männlichen Hirnhälften. Schuld sind die Frauen! Sie sind es, die rücksichtslos die frühkindliche Sozialisation an sich reißen, die Väter brutal verdrängen und kleine Jungen konsequent fehlleiten. Vom ersten Augenaufschlag an ist ein männliches Wesen hilflos den Weibern ausgeliefert. Beim Windelnwechseln, beim Ringelreihen, beim Buchstabieren. Sehr wahrscheinlich musste sich „der kleine Mann" schon im Mutterleib sanfte Schwangerschaftsmusik und Intelligenz fördernden Mozart anhören statt Hardrock und Gangster-Rap. In Kindergärten und Grundschulen okkupieren Frauen skrupellos sämtliche Arbeitsplätze. Nur die Leitungsstellen überlassen sie in der Regel scheinheilig einem Quotenmann, damit die Welt nach außen in Ordnung scheint. Sogar in den hehren gymnasialen Wissenschaften müssen sich männliche Schülerinnen von Emanzen verbiegen lassen, die aus purer Gemeinheit Mathematik, Physik und Latein studiert haben. Was bleibt den Jungen da anderes übrig als auszurasten? Wie sonst sollen sie ihre Männlichkeit ausleben?

Früher war die Welt noch in Ordnung. Da saßen in den harten Holzbänken der Gymnasien und Universitäten nur Männer. Und die wurden von echten Männern unterrichtet. Die wenigen Frauen, die meinten, auch ein Recht auf höhere Bildung zu haben, wurden spöttisch mit „Meine Herren!" angeredet und mussten sich Bemerkungen über den negativen Zusammenhang von prämenstruellem Syndrom und intellektueller Tätigkeit anhören. Wissenschaftler schrieben tiefgründige Bestseller über den „physiologischen Schwachsinn des Weibes“ und rieten vehement davon ab, jungen Frauen die Gymnasien und Universitäten zu öffnen.

In den männerdominierten Gymnasialkollegien wurde den Mädchen bis in die siebziger Jahre hinein verächtlich erzählt, wie schwer Physik für sie sei und dass sie nach dem Abitur („vergebliche Liebesmüh“) ohnehin heiraten würden. Deshalb hatten sie auch an vielen Schulen Hauswirtschaft statt Werken. Aber nie hätte jemand lauthals und öffentlich darüber lamentiert, welch eine Zumutung es für Mädchen ist, fast ausschließlich von Männern unterrichtet zu werden. Wenn Mädchen Schulprobleme hatten, lag das an ihrer geistigen Inferiorität, aber doch nicht an fehlenden weiblichen Leitbildern in Erziehung, Hochschule, Beruf und Gesellschaft – oder gar an unsensiblen Männer-Lehrern, die auf Grund ihrer schlicht gestrickten Biostruktur gar nicht in der Lage waren, Mädchen zu bilden und zu fördern.

Heutzutage wird jedoch gebetsmühlenartig das entsetzliche Übel beschworen, dass die Jungen in den Schulen der Nation von einer weiblichen Übermacht unterdrückt und benachteiligt werden. Dass sie unter Frauen leiden, die das biologische Wesen des Mannes nicht verstehen können oder nicht verstehen wollen. Diese feministischen „Pädagoginnen“ deformieren kleine Jungen, zwingen sie zum Stillsitzen und Schönschreiben und drücken ihnen literarische Texte auf, die kaum einen normalen Schweifträger interessieren. Kein Wunder, dass Jungen nicht gerne lesen und uns auf internationaler Ebene so runterziehen. (Hat eigentlich noch niemand den negativen Einfluss der Frauen in Bezug auf die PISA-Ergebnisse untersucht? Wahrscheinlich gibt es in Finnland und Bayern viel mehr männliche Lehrerinnen!)

Der unheilvolle Einfluss einer frauendominierten Erziehung mache sich schon lange schmerzlich bemerkbar, konstatieren besorgte Erziehungswissenschaftler und Journalisten. Durch Mafia-ähnliche Weiber-Seilschaften werden immer mehr Mädchen durchs Abitur „geschleust". (Seltsam nur, dass sich das auf Spitzenpositionen in Wirtschaft, Wissenschaft und Politik so wenig auswirkt ...)

Warum aber hält sich (nicht nur) der deutsche Mann aus der Erziehung so dezent fern? Hat es gar damit zu tun, dass manche Tätigkeiten ihr Prestige verlieren, wenn zu viele Frauen ihnen nachgehen? In der ehemaligen Sowjetunion konnte man das interessante Phänomen beobachten, dass der angesehene Arztberuf zu einer minderbezahlten und gering geschätzten Tätigkeit wurde, als hauptsächlich Frauen ihn ausübten. Übrigens wurde schon vor 25 Jahren in der Sowjetunion die „Feminisierung der Jungen" in den Schulen beklagt, verursacht durch ein Riesenheer schlecht bezahlter Lehrerinnen. Mittlerweile gibt es aber einzelne russische Schulen, die Jungen wieder zu Kerlen und Mädchen zu Köchinnen erziehen – in getrennten Klassen. Eine tröstliche Lösung! Als Vorbild sollten uns vielleicht auch archaische Kulturen dienen, die kleine Jungen in einem bestimmten Alter den Müttern entreißen und sie von Männern zu Jägern und Kämpfern ausbilden lassen.

Aber solange sich die Herren der Schöpfung konsequent aus Erziehungsurlaub, Kindergarten und Grundschule raushalten, solange selbst die „Jungengruppen" in den Oberschulen von Frauen geleitet werden müssen (weil den männlichen Kollegen zur „Identitätsbildung" der Jungen außer Fußball nicht viel einfällt), solange darf man nicht jammern und klagen, dass „nur" Frauen die Erziehung der Jungen übernehmen!

In den Schulen der Nation werden die armen Knaben von Feministinnen unterdrückt und geknechtet.

Wenn Schüler plaudern ...

Haben eigentlich alle Lehrer an unserer Schule Abitur?", fragt Leo ganz unauffällig. Ich sage freundlich: „Ja, sicher. Und studieren mussten auch alle." „Ach, was", Leo guckt zweifelnd von seinem Heft hoch, „auch Herr Erbslöh?" „Natürlich. Ich sagte doch: alle Lehrer!", antworte ich nachdrücklich. Im Stillen denke ich: „Komisch, das habe ich mich auch schon oft gefragt ..."

Wer hört nicht gerne zu, wenn Schüler plaudern? Nach außen voll die kollegiale Solidarität, aber innen drin eine winzige Prise Neugier und Schadenfreude. Wer ist bitte völlig frei davon??

Spieleabend auf der Klassenfahrt: Was gibt es Schöneres als junge Talente, die mit viel Spaß und Freude ihre Lehrer imitieren? Diese Gören haben eine fantastische Beobachtungsgabe! Wer soll denn das sein? Rennt beleidigt durch die Klasse, fuchtelt albern mit den Armen rum, sucht hektisch in allen Taschen nach dem Schulschlüssel? „Das sind Sie!" – Da wollen wir mal schnell was anderes spielen.

Hinter fest geschlossenen Klassentüren geht manches ab, was ein Außenstehender nie mitbekommen wird. Wenn Lehrer untereinander hospitieren, die Schulrätin oder der Elternsprecher ins Haus stehen, zeigen sich verständlicherweise alle von der besten Seite. Unsere kleinen Geheimnisse sehen nur die Schüler.

Und was die alles sehen – das kann man sowieso nicht glauben. Schon die interkollegiale Loyalität verhindert, dass über einen Kollegen Despektierliches gesagt wird. Aber manchmal rutscht den Schülern so schnell eine Bemerkung heraus, dass man sie gar nicht verhindern kann. Das vehemente Echo der Mitschüler zeigt, dass irgendetwas dran sein muss.

Bei Herrn Borsdorf wird auf den hinteren Plätzen Skat gespielt, wenn er vorne chemische Versuche zeigt. „Das glaube ich nicht!" „Einmal ist sogar ein Schüler während des Unterrichts aus dem Fenster gestiegen, ein anderer hat heimlich geraucht." „Ach, Unsinn!" (Ich hab's doch gewusst, dass er eine Flasche ist ...)

Dr. Lillemor schielt den Oberstufenschülerinnen in den Ausschnitt, und wenn er ihnen bei Klausuren Hilfe anbietet, legt er ihnen väterlich eine Hand auf die Schulter, also mehr so vorn auf die Schulter. „Das sind doch alles nur dumme Gerüchte!" (Der alte Kater, kann der seinen Johannestrieb nicht besser kaschieren?) „Herr Sulzberger trägt ganz altmodische weite Sporthosen, da kann man durchs Hosenbein direkt ins Vergnügungszentrum sehen." Die Direktorin erzählt im Leistungskurs ausführlich von ihren Wochenenden, bevor die Stunde beginnt, und gibt männerfeindliche Witze zum Besten. (Das versteht sie also unter Stringenz!) Kollege Dierks kommt ständig zu spät und beschimpft die Kinder mit unflätigen Ausdrücken, wenn sie etwas nicht verstanden haben. (Auf Dienstbesprechungen ist der die personifizierte Unterwürfigkeit!) „Frau Klotzbach vergisst vor den Klausurterminen immer ihre Aktentasche in der Klasse." „Na und?" (Ach so, da sind die Aufgabenstellungen und Erwartungshorizonte drin. Daher immer dieser gute Durchschnitt, für den sie auf allen Konferenzen gelobt wird!) Welcher Lehrer andersrum ist, wer mit wem ein Verhältnis hat, schwanger oder Alkoholiker ist – das sind Fragen, die nicht nur die Schüler brennend interessieren.

Sollte sich jetzt jemand vergnügt über die unmöglichen Lehrer die Hände reiben: zu früh gefreut. Wenn Eltern wüssten, was ihre Kinder im Unterricht ganz unbefangen erzählen. Gut, dass wir Lehrer nicht schadenfroh sind! Nie würden wir insgeheim denken: „Aha, das läuft also bei denen daheim ab, kein Wunder, dass das Kind unerträglich ist." Nie würden wir anzügliche Bemerkungen beim Elternsprechtag machen! Nein, wir gehen ganz sanft darüber hinweg, dass Mutti morgens nicht aus dem Bett kommt oder seit drei Tagen nicht mehr zu Hause war, weil sie gerade einen neuen Freund hat. Oder dass Vati in der Eckkneipe wohnt und beim letzten Fußballspiel dort vor Ärger den Fernseher demoliert hat. Wir wissen, wessen Oma gerade in der Nervenklinik weilt, wer Besuch vom Gerichtsvollzieher oder Kammerjäger hatte, wer den Nachbarn Müll vor die Tür kippt, ins Treppenhaus pinkelt, unter Haarausfall und Gewichtsproblemen leidet, wer regelmäßig Abführpillen nimmt, den Pudel mehr liebt als den Sohn, schwarz arbeitet, sich gern als Cowboy verkleidet oder zu nächtlicher Stunde randaliert. Alle Eltern können beruhigt sein: Das fällt unters Schweigegebot.

Außerdem glauben wir ohnehin nicht alles, was die Kinder erzählen …

Burn-out? Selber schuld!

Seit einiger Zeit haben „Bildungsjournalisten“ ein neues Lieblingsthema: alternde Lehrkörper und ihr Burn-out-Syndrom. Empört wird in der Presse berichtet, dass kaum ein Pädagoge das offizielle Pensionsalter erreicht. Schwer nachzuvollziehen, wo man doch seit PISA weiß, dass deutsche Lehrer im intergalaktischen Vergleich am meisten verdienen und am wenigsten arbeiten! Dafür stellen sie sich schon im zarten Alter von vierzig Jahren krank, um ihre Pensionsansprüche länger genießen zu können. Täuschen am liebsten seelische Leiden vor, die kein Arzt nachweisen kann. Befremdet werden in den Medien wissenschaftliche Untersuchungen zitiert, nach denen sich der deutsche Lehrer überlastet, missachtet und ausgebrannt fühlt. Jede Zeitung stellt die berühmten vier Pädagogen-Typen vor: von fröhlich-faul über schlaff-resigniert und sachlich-unterkühlt bis hin zu hochengagiert-verzweifelt. Davon ausgehend wird die individuelle Trefferquote für Burn-out-Syndrome, Herzstolpern und Ohrensausen ausgerechnet.

Reporter und Fotografen recherchieren in idyllischen Waldsanatorien, wo die ausgelutschten Lehrkräfte in Gesprächsgruppen zusammengefasst sind und ihre Berufswahl bejammern. Medizinbälle rollen, meditative Reigen tanzen, auf Gymnastikmatten herumliegen und ihren Atem ruhig fließen lassen. „Schule ist ganz gleichgültig. Schüler kommen und gehen, Schüler stören nicht“, flötet die Yoga-Lehrerin und nimmt die Lehrkörper mit auf Fantasiereisen – weit weg von illoyalen Kultusministern, bramarbasierenden Erziehungswissenschaftlern und schmallippigen Schulleiterinnen. Leise ertönt transzendentale Musik mit Meeresrauschen. Im Flur zerpflückt eine fluchende Frau Zeitungen. Zu ihren Füßen türmen sich bereits Schnipsel und Fetzen.

„Auch eine Lehrerin", erklärt der Chefarzt den Journalisten. „Sie ist 45 Jahre alt und leidet an einer massiven Pressephobie. Jeden Morgen, wenn sie in der Zeitung Schulberichte liest, bekommt sie hysterische Schreikrämpfe. Sie wird nie wieder vor einer Klasse stehen können. "

Die Journalisten mustern zwei ältere Herren, die im Sanatoriumspark Bäume umarmt halten und dazu Gedichte aufsagen. „Das sind harmlose Fälle, zwei Oberstudienräte für Deutsch und Französisch. Ihr Helfersyndrom war nach dreißig Jahren Schuldienst kaum noch zu bändigen. Sie sind in den Ferien mit ihren Schülern verreist, haben am Wochenende für sie gekocht, Schach und Tennis mit ihnen gespielt. Hier arbeiten sie ihren Missionstrieb an Bäumen und Blumen ab und bekommen hochdosiertes Valium."

Die Journalisten forschen halbherzig nach Hintergründen für all die kranken Pädagogen, die im Sanatorium Perlenketten aufziehen, kreative Briefe an ihr verlorenes Ich schreiben und ihre Wut an Kissen auslassen. Natürlich versuchen Gewerkschaften und Lehrervertreter wie üblich, den Schwarzen Peter der Politik zuzuschieben. Lehrer würden durch zu viel Lärm krank, durch zwei, drei Zusatzstunden, durch die Häufung angeblich „schwieriger" Schüler in ständig größeren Klassen, durch offene Verachtung und dadurch, dass die Schule immer neue gesellschaftliche Probleme kompensieren soll.

Glücklicherweise finden unsere Journalisten aber auch kompetente und unparteiische Fachleute, die eine Schule das letzte Mal vor vierzig Jahren betreten haben. Von ihnen erfahren sie, dass eventuell vorhandenes Lehrerleid in der jeweiligen Persönlichkeitsstruktur begründet liegt: Die falschen Menschen haben es sich im falschen Beruf bequem gemacht! Viel zu lange schon haben labile und gestörte Akademiker im Schuldienst eine Scheinheimat gefunden. Mangelnde Professionalität ersetzen sie durch Kuschel- und Betroffenheitspädagogik. Sie arbeiten an den Kindern klammheimlich ihre eigenen Defekte ab. Lassen ihre kranke Gefühlswelt in den Unterricht einfließen und geben dann den äußeren Umständen die Schuld an ihrem Versagen. Aber das wird in Zukunft anders! In den Ministerien wird „angedacht", Pädagogen sinnvoll auszubilden. Die Presse jubelt schon: „Nur die Besten sollen Lehrer werden!" Nur, wer nach ein paar Semestern in Mathe oder Englisch eine Eins hat, darf überhaupt noch weiterstudieren und als Lehrer reüssieren. Mit einer Drei kann man aber Schulassistent werden: Arbeitsblätter und Taschentücher verteilen, Toiletten aufschließen, Schuhe zubinden und Lehrer, die noch antiquiert ausgebildet sind, im Rollstuhl durch die Schule schieben.

Leider muss aber auf Grund des drohenden Pädagogenmangels bald jeder rekrutiert werden, der einen Rotstift halten kann. Außerdem wollen junge Menschen dank „kompetenter" Presseberichte viel lieber Journalisten, Ohrenärzte und Psychotherapeuten werden – und keine kranken Lehrer …

Die Brave

Vorgesetzte schätzen sie. Denn sie erfüllt eifrig alle übertragenen Aufgaben und entwickelt keine eigenen Ideen. Sie fragt nicht nach dem Sinn, sie kritisiert nicht. Sie hängt andächtig an den Lippen des Schulleiters. Sie lächelt über seine faulen Witze und nickt erfreut zu all seinen Lästereien. Sie weiß ja nicht, dass er über sie genauso herzieht, wenn sie das Amtszimmer verlassen hat. Sie klärt ihn darüber auf, wer im Lehrerzimmer widerspenstige Äußerungen von sich gibt. So ist der Schulleiter immer gut informiert und kann Palastrevolutionen im Keim ersticken. Hier mal eine Vertretungsstunde mehr, dort mal eben die Umsetzung an eine andere Schule in Aussicht gestellt – das hält die meisten Lehrer ruhig und friedfertig.

Die brave Kollegin darf kommissarisch einen ganzen Fachbereich leiten. Wenn die Planstelle jemals offiziell ausgeschrieben wird, kann sie sich als bewährte Kraft gleich draufsetzen. Denkt sie. Dafür tut sie beflissen ihre Pflicht. Sie führt viele Listen, hakt darin die zuverlässigen Kollegen ab und streicht die anderen rot an. Die müssen dann Protokoll schreiben oder bei der nächsten Inventur in der Mediothek Bücher zählen.

Alle halten sie für brav und fleißig. Sitzen sich auf ihren Konferenzen den Hintern platt und stöhnen innerlich, weil zwei Stunden dauert, was man in zehn Minuten hätte abhandeln oder mit einer kurzen schriftlichen Notiz erledigen können. Unschlüssig wühlt sie in ihren Amtsblättern und Rahmenplänen. Vielleicht kann ihr ein Kollege die Entscheidung abnehmen? Nur keine klare Linie zeigen, da wird man ja angreifbar. Die vage Konferenzführung macht viele, viele Sitzungen pro Schuljahr nötig. Dafür wäscht sie hin und wieder, wenn sie Publikum hat, die eingetrockneten Kaffeetassen im Lehrerzimmer ab und sorgt für Seife und Handtücher. Allerdings nicht ohne vorwurfsvolle Bemerkungen. Mit diesem ständigen „Tz, tz, tz" in Worten und Werken kann man anderen vorzüglich ein schlechtes Gewissen vermitteln.

Alle halten sie für korrekt und gradlinig. Glauben, ihren Augen nicht zu trauen, wenn sie Gegenläufiges bemerken. Aber doch nicht die Kollegin Kommissarische Fachbereichsleiterin! Die würde sich nie die artigen oder leistungsfähigeren Schüler unter den Nagel reißen, bevor die Kollegen die Namenslisten überhaupt gesehen haben. Seltsam ist es schon, dass ihre Schüler immer die neuesten Bücher bekommen und in den großen, hellen Unterrichtsräumen sitzen. Nie in den engen, fensterlosen. „Hach, meine Gruppe ist doch viel größer als deine! Kannst *du* nicht in den Dunkelraum gehen? Da kannst du doch viel besser Filme zeigen!" Riecht es irgendwo nach Ermäßigungsstunden, hat sie die gekrallt, bevor jemand anderes Begehrlichkeiten entwickeln kann. Es regt sich kaum einer darüber auf. Wer die Macht über Listen und Sitzungen innehat, hat eben auch das Zugriffsrecht. Fairness, Kollegialität? Schön dumm, wenn's um Spreu und Weizen geht!

Den Männern im Lehrerzimmer gehört ihre ungeteilte Aufmerksamkeit. Da kann sie in noch so wichtige Gespräche mit Kolleginnen vertieft sein – wenn ein Mann sich nur nähert, ist alles andere unwichtig. Sofort wendet sie sich ihm zu und wartet lächelnd auf seine zentralen Fragen und förderlichen Erkenntnisse. Im Zusammenhang mit Frauen benutzt sie gerne Wörter wie „katzig" und „stutenbissig". Da grinsen die Herren der Schöpfung. Sie haben schließlich schon immer gewusst, wie Frauen untereinander sind! Den Stundenplan macht übrigens auch ein Mann. Wenn man sich dem lange genug auf den Schoß setzt, springt schon mal ein freier Tag heraus oder der Unterricht endet nicht erst nach der achten, neunten Stunde. Wie der Plan der Kollegin aussieht? Überflüssige Frage. Aber heftige Klagen führt sie trotzdem, um nicht in den Geruch von Privilegien zu geraten.

Der Umgang mit Schülern ist nicht unbedingt ihre Passion. Wenn die „pubertären Ungeheuer" in der Pause ans Lehrerzimmer klopfen, öffnet sie nur widerstrebend. Die Bemühungen um äußerste Korrektheit und gradlinige Planerfüllung lassen keinen Spielraum für Kreativität und ein wenig Humor. Entsprechend freudlos verlaufen die Unterrichtsstunden für alle Beteiligten. Schüler entnerven und überfordern sie. Sind frech und vorlaut, wollen immer nur Ungebührliches und sind deshalb beizeiten mundtot zu machen. „Keine Zeit, keine Zeit!" Hastig packt sie die Lehrbücher auf den rollenden Bürostuhl und flieht. Im Lehrerzimmer ist sie sicher. Da liegen ihre Listen, Ordner und Themenvorschläge, die sie in ihrem langen Lehrerinnendasein gesammelt hat. Sie kommt viel an anderen Schulen herum, da kann man immer mal was abgreifen. Die Fachbereichsordner stehen fein verschlossen im einzigen Schreibtisch, der über ein funktionsfähiges Schloss verfügt. Übrigens: Noch bevor das neue Lehrerzimmer offiziell bezogen werden konnte, hatte sie schon den Schreibtisch in der sonnigen Fensterecke okkupiert. Natürlich reiner Zufall.

Vorgesetzte mögen sie. Pflichtbewusst und korrekt, wie sie ist. Wenn die Planstelle endlich ausgeschrieben wird, bekommt sie die trotzdem nicht. Dafür hat der Schulleiter jemand anderen vorgesehen. Einen Mann. Ätsch!

Die Made im Speck

Fast unbemerkt von der kritischen Öffentlichkeit führt ein Wesen im Dunkeln sein selten privilegiertes Leben. Arbeitet mal hier, mal dort ein bisschen und zieht sich dezent zurück, sobald es ordentlich was zu tun gibt. Bekommt von Menschenansammlungen Kopfschmerzen und Ohrenpfeifen. Weist ständig greinend auf Familie, Gesundheit und angebliche Solidarität mit Arbeitslosen hin: Die Teilzeitkraft im Schuldienst.

Wir alle wissen, dass nur diejenigen Lehrerinnen und Lehrer ihre Stelle reduzieren können, die daheim im Keller fette Erbschaften und Lottogewinne bunkern, sich einen gut verdienenden Partner oder ein Reitpferd halten und etliche Mietshäuser aussaugen. Die im Luxus schwimmen und sich nur noch stundenweise in der Schule betätigen, um ein wenig unter Menschen zu kommen. Andernfalls würden sie auf ihren Jachten in Langeweile und Müßiggang verkümmern. Den Vollzeitschaffenden geht dieses Gejammer auf den Geist, dass Teilzeitkräfte geschont werden wollen. „Ich arbeite nur halbtags!" weinen sie. Fassungslos, dass sie im Betriebspraktikum 25 Schüler betreuen sollen. Dabei haben sie genug Freizeit, um durch die Stadt zu fahren und während ihrer Shopping-Touren ein paar Schüler zu beaufsichtigen.

„Ich will heute nicht vertreten! Das ist schon meine vierte Stunde in dieser Woche!" Da kann man als Schulleiter nur indigniert den Kopf schütteln. Wer bitte soll denn sonst vertreten? Die Vollzeitkräfte haben überladene Stundenpläne – dank der Streichung des „Trottelbonus" (so nennt der obere Dienstherr die abgeschafften Ermäßigungsstunden für altgediente Lehrer) und dank der kontinuierlichen Arbeitszeiterhöhung. Bei Vollzeitkräften gibt es kaum noch Reserven für Vertretungsunterricht. Nur Teilzeitkräfte haben genug Springstunden, Kraft und Ausdauer. Wozu werden denn Freistunden eingerichtet? Genau! Um den Vertretungsplan zu konsolidieren.

„Ich kann aber nur bis zur sechsten Stunde arbeiten, dann muss ich mein Kind aus der Krippe holen!" Es ist nicht zu fassen. Teilzeitkräfte schaffen sich teure Hobbies an und finden es selbstverständlich, dass eine ganze Schule unter ihrer rücksichtslosen Familienplanung leidet. Wer als Lehrer unbedingt noch eigene Kinder haben will, soll gefälligst seinen Arbeitsplatz ganz räumen oder sich rund um die Uhr eine Tagesmutti mieten. Es gibt schließlich nachmittags jede Menge Konferenzen, Dienstbesprechungen, Elternabende und ähnlich wichtige Sitzungen (z. B. Profilbildung = Wie werbe ich anderen Schulen die Schüler ab?). Da kann man nicht auf die Stillzeiten junger Mütter Rücksicht nehmen. Das gab's vielleicht früher mal, bei den 68ern, die das ganze Unheil in die Welt gebracht haben, egal, was es ist. Aber ich schweife ab …

Die alternde Teilzeitkraft hält sich demonstrativ den Rücken und murmelt etwas von Bandscheibenschäden. Sie imitiert ein tuberkulöses Husten und doziert, dass sie schließlich aus gesundheitlichen Gründen auf ausreichend Lohn, Brot und Pension verzichte. Darüber hinaus stellt sie sich als besonders fair und anständig dar: „Wenn ich ganztags arbeiten würde, wäre ich mit Sicherheit häufig krank und müsste wochenlang fehlen. Da würdet ihr euch ganz schön umgucken!" Man kann seiner Degeneration natürlich noch Vorschub leisten, indem man jammernd und klagend durchs Leben humpelt. Die angeblich kränkelnde Teilzeitkraft ist gesund genug, um sich in Moor und Fango zu sielen und von Masseuren „aufbauen" zu lassen. Die so erreichte Entspannung sollte unverzüglich in ehrenamtliche Tätigkeit umgesetzt werden: Schulplanentwicklung, Betreuung der Schülerzeitung, Aufbau von Chor und Orchester, Organisation sämtlicher außerunterrichtlicher Veranstaltungen, vom „Tag der offenen Tür" bis hin zum Lehrerfasching. Für solche Mätzchen haben Vollzeitkräfte nun wirklich keinen Nerv!

Am schönsten ist die Teilzeit-Ausrede: „Ich arbeite weniger, damit junge Lehrer eingestellt werden können!" Auf Mutter Teresa machen, aber in Wirklichkeit Windhunde züchten und eigene Vernissagen eröffnen. Jeder weiß doch, dass seit Jahren keine jungen Lehrer mehr eingestellt worden sind. Wo sollen die auch herkommen? Welcher geistig gesunde Mensch studiert denn – angesichts genialer Bildungspolitik und qualifizierter Presseberichterstattung – noch „auf Lehramt"?

Aber was soll's. Das Thema „Teilzeitarbeit" wird sich bald von selber erledigen. Wenn in ein paar Jahren Tausende von Lehrern fehlen, wird Teilzeitarbeit ohnehin wieder nur Wöchnerinnen gestattet. Wer noch auf allen Vieren in die Schule kriechen kann, soll sein Tun gefälligst ganztags verrichten. Bis dahin dürften das mindestens 35 Wochenstunden sein. Die Klassenfrequenzen werden die Marke 40 erreicht haben. Und das Pensionsalter wird auf 70 festgesetzt. Warum sollen die lieben Kleinen nicht von der Lebensweisheit und Erfahrung ihrer tattrigen Lehrer profitieren?

Schönen Urlaub!

Immer mehr Lehrer verweigern sich, seit man ihnen bei steigender Stundenzahl das Gehalt gekürzt hat. Verstehe ich nicht. Klassenfahrten sind doch ein herrlicher Zusatzurlaub: kein Ärger, kein Stress, keine Korrekturen oder Konferenzen. Leichten Herzens verzichte ich im Vordruck fürs Schulamt auf die Reisekostenerstattung und auf die Erhöhung meines Teilzeitgehalts. (Sonst würde die Fahrt nicht genehmigt werden …) Zwei Wochen mit freundlichen Kindern – dafür muss mich doch niemand bezahlen! Bereits die Planung der Fahrt ist das reinste Vergnügen. Keine Mutter, kein Schüler versucht mir einzureden, dass man eine gute Klassengemeinschaft nur auf Skiern in Südtirol oder beim Wellenreiten an der Costa Brava erreichen kann. Alle bezahlen die Fahrt pünktlich. Ich muss nichts für Eltern auslegen, die sich nicht aufraffen können, die Sparkasse oder das Sozialamt anzusteuern. Alle muslimischen Mädchen dürfen mit. Kein einziger Hausbesuch ist nötig, um großen Brüdern wortreich zu versichern, dass ich die Familienehre rund um die Uhr bewachen werde. Alle Schüler haben so viel Taschengeld dabei, wie es die Eltern abgesprochen haben. Keiner bunkert Reserven im Kulturbeutel, mit denen er es den finanziell eingeschränkteren Mitschülern unterwegs richtig zeigen kann.

Die Schüler besteigen gesittet den Bus und streiten sich nicht um die Plätze. Der Müll landet automatisch im Abfalleimer. Nach zwei Stunden ruhiger Fahrt bremst der Bus plötzlich. Wir stehen längere Zeit im Stau. Aber das ist gar kein Problem, weil unsere Schüler in der Zwischenzeit nett mit anderen Autofahrern flirten. Selbstverständlich führen sie ihnen dabei keine obszönen Fingerspiele vor! Niemand meckert, niemand gibt den Lehrern die Schuld am Stau. „Wie lange dauert das denn noch? Wieso mussten wir ausgerechnet diese Strecke nehmen? Hätten Sie das nicht besser planen können?“

Auf der Fähre erübrigt es sich, halbleere Whisky-Flaschen zu konfiszieren, denn natürlich halten sich alle an das absolute Alkoholverbot, auch wenn der „Stoff“ im Duty-Free-Shop sehr preiswert ist. Wir müssen keine deutschen Streithähne von französischen trennen und keine erbitterten Debatten über die Zimmerbelegung führen. Am englischen Zielort gibt es mehrere Piercing-Studios, die viel billiger als die deutschen Dependancen sind. Aber unsere Schüler würden sich niemals heimlich Löcher in Zungen und Bauchnabel stanzen lassen. Sie wissen, dass Selbstverstümmelung zu unangenehmen Schwellungen, Entzündungen und zu Ärger mit dem Lehrpersonal führt.

Am englischen Essen mäkelt niemand herum. Unsere Schüler sind weltoffen und tolerant, sie jammern nicht nach Muttis Küche. Alle essen widerstandslos Obst und Gemüse und erledigen kampflos ihre Haushaltspflichten. Auch die Knaben. Kein einziges Wort muss über Körperpflege verloren werden, weil unsere Kleinen reinlich sind. Es bedarf keiner sanften Aufforderung, nach einer Woche mal die Socken zu wechseln oder regelmäßig Seife und Deo zu benutzen.

Unser liebevoll arrangiertes Kulturprogramm wird dankbar angenommen. Niemand schnarcht laut im Bus, wenn die Reiseführerin London erklärt, niemand schlurft mürrisch durch Schlösser und Museen und stört den historischen Vortrag durch abfällige Bemerkungen und Gekicher. Niemand käme auf die lebensmüde Idee, auf der Schlossmauer über dem Abgrund zu balancieren oder sich am Rand der Steilküste herumzuschubsen. Der Schmetterlingsbestand im Freiflugraum wird nicht reduziert, die Strandpromenade nicht mit Graffiti verziert, und im Einkaufszentrum bezahlen die Schüler immer artig, was sie mitnehmen wollen. Bei Mahlzeiten und Ausflügen sind alle pünktlich, um Lehrer und Busfahrer nicht zu vergrämen.

Das soziale Leben verläuft ohne Konflikte. Auf Ausflügen wirft niemand mit Steinen und verletzt den Nachbarn am Kopf. Es gibt keine Streitereien, geschweige denn Prügeleien um Fußballtore, Sexualpartner oder Weltreligionen. Keiner käme auf die Idee, im sommerlichen Wald zu rauchen oder sich gar der Unzucht zu widmen.

In meinem luxuriösen Einzelzimmer finde ich Erholung und Ruhe. Keine Kollegin wirft sich im Bett neben mir unruhig hin und her, kein Schülerwildwechsel auf den Fluren schreckt mich aus dem Tiefschlaf. Ich muss mich nicht draußen im Dunkeln postieren, um lokalen Machos oder heimlichen Disco-Gängern aufzulauern. Dass man auf Klassenfahrten auch als Teilzeitkraft Dienst rund um die Uhr tun muss, ist reine Gewerkschaftspropaganda!

Nach 14 ereignisreichen Urlaubstagen kommen wir fröhlich und vergnügt zurück. Alle Schüler und Eltern verabschieden sich freundlich, keiner rennt einfach weg und lässt uns wie die letzten Trottel auf dem Schulhof stehen. Wir müssen nicht zwei Stunden lang warten, bis auch die letzte Schülerin von ihren Bezugspersonen abgeholt worden ist. Mein Auto steht an derselben Stelle wie vor der Fahrt und wurde nicht wegen unvorhergesehener Marathonläufe abgeschleppt. Die nette Elternvertreterin fragt, ob der Urlaub schön war. Wir Lehrer lächeln still vor uns hin. Wir träumen schon von unserer nächsten Klassenfahrt!

Während wir im Stau stehen,
flirten meine Schüler nett mit anderen Autofahrern

Natürlich käme auf einer Klassenfahrt niemand auf die Idee, sich heimlich piercen zu lassen!

Suchtkranke unter sich

Vorsicht. Das ist ein politisch unkorrekter Text, der Ihre Gesundheit und Ihre seelische Hygiene gefährden könnte. Sollten Sie trotzdem weiterlesen, geschieht das auf eigene Gefahr.

Als ich vor etlichen Jahren erstmals meine Schule betrat, suchte ich im Labyrinth der Gänge lange nach dem „Deutsch-Stützpunkt". Nette Schüler halfen mir: Wo grauer Qualm durchs Schlüsselloch dringe, dort sei das Lehrerzimmer. Ich klopfte zaghaft, und im Nebel dichter Rauchschwaden wies mir eine schemenhafte Gestalt – ich glaube, es war ein Mann – den Weg zu meiner neuen Fachleiterin. Die blies mir zur Begrüßung eine Nikotinwolke ins Gesicht. Mit einem Taschentuch vorm Mund und tränenden Augen hörte ich angestrengt zu, wo und womit ich die nächsten Stunden, Tage und Wochen zu verbringen hätte.

Reelle Chancen, meinen neuen Schreibtisch im Lehrerzimmer zu finden, hatte ich morgens, wenn ich als erste kam und gleich die Fenster aufriss. Danach trug ich die stinkenden Aschenbecher in die Spülküche. Manchmal leerte sie dort einer der Raucher notgedrungen und wischte sie mit einem sauberen Geschirrhandtuch aus. In den Pausen löffelte ich meinen linksdrehenden Bio-Joghurt im fensterlosen Materialraum zwischen Landkarten und Biologie-Skeletten. Bescheidene Bitten auf Konferenzen, weniger zu rauchen oder die Fenster zu öffnen, wurden mit Gelächter quittiert. Ich solle mich nicht so anstellen, immerhin rauche ja niemand Zigarren oder Pfeife. Wenn ich abends durch die Kneipen zöge, würde mich der Rauch schließlich auch nicht stören. Verlegen drehte ich an meinen goldenen

Locken, die seit Schuljahresbeginn häufig das liebliche Aroma kalter Kippen verströmten. Genau wie meine Schulbücher und Pullover.

Aber die Zeiten änderten sich. Aus geheimnisvollen Gründen gaben etliche Kollegen – unter demonstrativem Leiden – das Rauchen auf. Einige, weil sie sich ein Eigenheim bauten und geizig auf jeden Pfennig achteten. Andere, weil sie sich Kinder anschafften und zu eisernen Entzugsaposteln mutierten. Die dritten, weil ihnen das mahnende Stechen im Brustkorb Sorge bereitete. Diese Renegaten setzten in Kürze äußerst militant durch, was die schüchternen Nichtraucher jahrelang nicht geschafft hatten: Sämtliche Lehrerzimmer wurden über Nacht zur rauchfreien Zone erklärt. Der erste Wortbeitrag auf jeder Konferenz war die vehemente Forderung nach absolutem Rauchverbot. Schokolade und Kekse ersetzten Gauloise und Roth-Händle. Die neuen Asketen wuschen die vergilbten Gardinen, weil deren Geruch plötzlich nicht mehr auszuhalten war. Unbelehrbare Kollegen mussten sich bei den Oberstufenschülern in der Raucherecke die Finger abfrieren. Am liebsten hätten die Entzugsfanatiker von oben noch Wasser runtergegossen, um die letzten Zigaretten zu löschen. Im Kunstbereich wurden massenhaft Anti-Raucher-Plakate produziert und im Schulgebäude verteilt, soweit es die Krankenkassen-Schautafeln mit Raucherbeinen und schwarzen Lungen noch zuließen. Die Zeugen Jehovas wären über so engagierte Mitarbeiter begeistert gewesen. Alte Freundschaften zerbrachen, neue Allianzen wurden geschlossen.

Im Untergrund aber sammelte sich der Widerstand, der sich dem neuen Gesundheitsdiktat nicht beugen wollte. Vielleicht, weil der Entzug von eher unvorteilhaften Körperverformungen begleitet war? Oder spielte gar kindischer Trotz mit? In geheimer Absprache mit dem Schulleiter, der in seinem Allerheiligsten natürlich weiterhin ungestört Zigarillos qualmen konnte, wurde den renitenten Kollegen ein Raum in einem Treppenkern überlassen. Dort bewahrte der Hausmeister Putzmittel und Besen auf. Trotzdem gelang es den Suchtkranken, noch einen Tisch hineinzuquetschen und daran ihren morbiden Gelüsten zu frönen. Immer, wenn ich vorbeiging, drangen durch die Türritzen Qualm und keckerndes Gelächter. Schließlich konnte ich meine Neugier nicht mehr bezähmen und schlich mich hinein – unter dem Vorwand, Kollegin Hirblinger zu suchen. Während ich mich im Raucherzimmer herumdrückte und den neuesten Gerüchten lauschte, kamen immer mehr Nichtraucher mit ihren Kaffeebechern herein und setzten sich ganz selbstverständlich mit an den dreckigen Tisch.

Sollten die Witze im Rauchermief etwa lustiger sein als offensiv gelebte Askese?

Die neue Schulleiterin fand das überhaupt nicht. Vergnügen und Schule seien zwei völlig verschiedene, geradezu konträre Dinge. Mit verkniffenem Gesicht lauschte sie im Flur dem Gekicher aus dem Raucherzimmer und beschloss – noch lange vor dem offiziellen Rauchverbot – , dem Ganzen ein Ende zu bereiten. „Ich wünsche keine Suchtkranken an meiner Schule!“, verkündete sie und ließ sämtliche Kühlschränke (Alkoholvorräte!) und Aschenbecher entsorgen. Seither muss man immer in den Park um die Ecke gehen, wenn man mal herzlich lachen will …

„Lehrer raus!"

Eure Lehrerin muss leider, leider draußen warten", zwinkert die muntere Sexualberaterin meinen Schülern zu. Ich habe nichts dagegen, zwei Stunden im nächsten Café zu warten. Ich weiß, wie man verhütet. Aber mich stört dieser verschwörerische Tonfall, mit dem die Kinder gewonnen werden sollen: „Eure blöden Lehrer wollen wir nicht dabei haben, gell? Mit mir könnt ihr alles besprechen, was ihr die nie fragen würdet. Ich verstehe euch." Wer hat die Schüler bloß bei der Beratungsstelle angemeldet? Jemand von diesen beknackten Lehrern kann es eigentlich nicht gewesen sein. Auf der Heimfahrt lässt mir Alexander diskret ein Kondom in die Manteltasche gleiten. Vorher hat er sachlich gefragt: „Wollen Sie auch eins?" Lehrer und Schüler haben halt immer ein ganz schauriges Verhältnis zueinander.

Auch der AIDS-Prophylaktiker schickt mich vor die Klassentür, bevor ich „Guten Tag, ich bin …!" sagen kann. Nur absolut lehrerfreie Atmosphäre ermögliche ein vertrauliches Gespräch mit den Schülern, betont der junge Mann mit dieser distanzierten Miene, die so viele Leute aufsetzen, wenn sie erfahren, welchen Beruf ich habe. Ich miste also in der Zeit meinen Schreibtisch aus. Auf dem Weg zur Recycling-Tonne verharre ich ein paar Sekunden an der Klassentür, hinter der meine Jungen grölend ihre Zoten ablassen. Anscheinend führt der Sexualtherapeut mit seinen pädagogischen Biegepuppen gerade diverse Stellungen vor. Höre ich da etwas Angestrengtes in seiner Stimme? „Es war ganz schön schwierig mit Ihrer Klasse!", meint er vorwurfsvoll, als er seine Hochglanzbroschüren und konisch geformten Ersatzteile einpackt – nachdem ich sie den Schülern wieder abgejagt habe.

Wir wandern zur Projekt-Woche in eine dieser künstlerischen Institutionen, die es zu meiner Freude im Kiez gibt. Die frei von erdrückender Lehrplanfülle attraktive und interessante Themen für Jugendliche anbieten (können). Ich würde auch lieber nur „kreativ schreiben“, Talkshows produzieren und Songs dichten, als Mitlautverdopplung, Argumentation und dröge Texterschließung zu üben. In der Vorbesprechung will ich etwas zu meiner Klasse sagen, aber das interessiert die drei berufenen Künstler nur peripher. Leicht genervt erklären sie mir die Hausregeln, für deren Einhaltung ich zu sorgen hätte. Ansonsten hätte ich mich während des Projekts zurückzuhalten. Als ich später versuche, diese Hausregeln durchzusetzen (pünktlich kommen, nicht rauchen, Tische abräumen, abwaschen), fallen mir die Künstler jedes Mal watteweich in den Rücken: „Ach, lassen Sie! Ist doch nicht so schlimm.“ Schadenfroh grinsen mir die Schüler zu. Es macht Spaß, wenn Erwachsene sich nicht einig sind.

Beim Theaterspiel will ich dem leitenden Künstler eine kleine Änderung aufschwatzen, wichtigtuerisch, wie Lehrer nun mal sind. Er lächelt geringschätzig und schweigt. Sein Blick sagt: „Typisch Lehrer. Ätzend! Agieren im gesellschaftlichen Vakuum, kennen die Sprache ihrer Schüler nicht, verstehen nichts von deren Problemen, aber wollen sich ständig einmischen und mitreden. Lästig!“ Später wird er meinen Vorschlag als seinen eigenen verkaufen. Aber erst einmal verweist er mich des Raumes. Die Gruppe sei durch meine Anwesenheit zu gehemmt. Meine Schüler fragen mich hinterher vorwurfsvoll, warum ich nie bei den Proben zugesehen hätte. Sie beklagen sich über den launischen Theaterleiter, der sich nur mit den zwei Begabteren beschäftigt habe. Und dann parodieren sie mir (frei von jeder Hemmung!) gekonnt und boshaft seinen Manierismus.

Der Polizist baut sich selbstherrlich vor der Klasse auf, so, als sei er allein schon dadurch ein besserer Mensch, weil er nicht den Lehrerberuf gewählt hat. „Na, da wollen wir mal eure Lehrerin fragen, ob sie das weiß." Nein, sie weiß es nicht, welcher Strafgesetzparagraph hier greift, und der Polizist freut sich, dass er meine Schüler zum Lachen gebracht hat.

Beim Erste-Hilfe-Kurs muss ich den müffelnden Motorradhelm aufsetzen und mich scheinverletzt auf der Decke am Boden rumwälzen. Gut, dass ich Jeans anhabe. Feinfühlig reißen mir die Schüler den Helm vom Kopf. Im Ernstfall wäre ich jetzt gelähmt ... Wieder hat sich der junge Sanitäter schnell Freunde geschaffen, indem er anmerkt: „Ihr seid zur Hilfeleistung verpflichtet. Auch, wenn es sich um eure Lehrerin handelt!" Als ich die appetitliche Gummipuppe nicht ordnungsgemäß beatme, flötet er: „Nun zeigt mal eurer Lehrerin, wie das richtig geht!"

Die adrette Dame von der Krankenkasse, Abteilung Berufsberatung und Werbung, weist die Schüler – mit anzüglichem Seitenblick auf mich – darauf hin, dass nicht alle später fette Beihilfen und Beamtenpensionen kassieren würden. Deshalb müssten sie entsprechend vorsorgen. Der Leiter der Zahnklinik erfreut die Schüler, indem er ihnen auf Dias schadhafte Gebisse vorführt: „So sehen eure Zähne später auch aus, wenn ihr in dem Alter eurer Lehrer seid!" „Und in Ihrem Alter haben wir dann gar keine mehr", sagt Mike frech. Toller Junge. Bekommt nachher von mir eine Eins in Rhetorik!

Es ist schön, dass Künstler und Experten das wahre Leben in die Schulen bringen und den Lehrern immer wieder klarmachen, wie überflüssig sie sind.

Wir wollen alle ins Fernsehen!

Ich kann morgen das Diktat nicht mitschreiben, ich hab' ein Casting!" Lisa hält mir triumphierend ihre Entschuldigung vor die Nase. Etwas unsicher stimme ich zu. Ein Casting? Die kleine, pummelige Lisa? Was hat sie, was ich nicht habe? Jetzt weiß ich es. Eine zielstrebige Mutter, die sie von einem Casting zum nächsten chauffiert. Lisa hat mittlerweile einen eigenen Agenten. Das lohnt sich auch bei Fruchtjoghurt-Reklame und einer Nebenrolle im Kinderfernsehen. Viele Stars haben klein angefangen! Sicherheitshalber lasse ich mir ein Autogramm von Lisa geben. Ihre Aufsatzhefte hebe ich alle auf. Wenn später die Reporter erscheinen, bekomme ich wenigstens ein kleines Stück vom Ruhm ab. Ich hatte immerhin schon zwei Stars in meinen Klassen, die bewiesen haben, dass Schule unwichtig ist. Der eine singt viel beachtet schaurige Lieder und begleitet sich dabei auf einer Ukulele, die andere mimt in einem Privatsender ständig die verführte Unschuld vom Lande. Mit Berliner Slang.

In meiner 9. Klasse stelle ich fest, dass ich die Einzige bin, die noch nie bei einem Casting war. Ein Mädchen hat als Baby Modefotos gemacht, ein anderes einen Werbefilm für die SPD gedreht – als glückliche Schülerin, die gerade in den Genuss der lange versprochenen Bildungsreformen kommt: Sie sitzt in einem hellen Klassenraum, zusammen mit zehn anderen glücklichen Kindern und vielen Grünpflanzen, und wird von einer blutjungen, strahlenden Lehrerin verwöhnt.

Meine Schüler sind detailliert über alle Casting-Shows im Fernsehen informiert. Sie zählen mir jede Menge Details und Namen auf. Kein Wunder, dass im Hirn der Speicherplatz für fremdsprachige Vokabeln fehlt. Geduldig erklären sie mir, wie man ein Daniel Küblböck wird. Sie streiten darüber, welche geklonte Band beim Wettbewerb den Sieg verdient. Sie streiten immer noch, als ich längst meinen Unterricht über Dürrenmatts „Physiker" begonnen habe. Und hören erst auf, als ich die Augen böse zusammenkneife und meine Stimme auf Keifen umstelle.

Die Schüler bringen selbst gebastelte Fotobücher mit, in denen alle Artikel und Bilder ihrer Möchtegernstars kleben – sorgfältig und säuberlich beschriftet, wie ich mir Schulhefter immer vergeblich wünsche. In den Pausen werden mir singende Freunde aus den Parallelklassen präsentiert. Alle schauen mich erwartungsvoll an. Ich bin betreten und versuche tapfer, das zu überspielen. Was soll ich um Himmels willen sagen, wenn mannshohe Knaben mit Fistelstimme süßliche Tremolos produzieren? Wie ihre berühmten Vorbilder dramatisch mit den Händen durch die Luft fahren? Soll ich es jetzt wie in einer richtigen Casting-Show machen? „Du singst, als ob du gleich in die Tonne kotzt"*), sagt da die Jury. Oder: „Du stehst da wie eine festgetuckerte Fleischwurst!" *) Als Lehrerin muss ich vorsichtig sein. Schon leiseste Kritik ruft beleidigte Mienen und zerknüllte Arbeitsblätter hervor. Und treibt empörte Eltern ans Telefon. Dabei würde ich manchmal schon gern sagen: „Du schreibst wie ein besoffenes Huhn." Oder: „Dein Aufsatz war nicht nur schlecht, sondern grottenschlecht." Oder: „Sing dieses Lied nie wieder!" *)

Der Zeitgeist verblüfft mich, der Jugendliche zu solchen Castings strömen lässt. Klar, wer will nicht reich und berühmt werden? Aber so? Da stehen Kinder tränenden Auges vor der Fernsehna-

---

*) Alles Originalzitate aus „Deutschland sucht den Superstar". Von Dieter Bohlen.

tion und hören sich masochistisch an, wie unterdurchschnittlich ihre Leistungen sind. Vielleicht packen Eltern und Lehrer die Jugendlichen viel zu sehr in Watte? Vielleicht sollten sie ihre Meinung ganz offen und brutal sagen?

Die blamabelsten Casting-Auftritte werden zusammengeschnitten und wochenlang im Fernsehen vorgeführt. Jeder kann sich dabei ausschütten vor Lachen. Anscheinend ist es das Wichtigste, im Fernsehen zu sein – egal, wie. Als peinlicher Talkshow-Gast oder als quakender Sänger. Als trauriger Comedian oder als stocksteifes Model. Hauptsache, einmal nach den Sternen gegriffen. Im Fortbildungsverzeichnis habe ich gerade zwei Kurse gefunden, wie man als Lehrer seine Schüler richtig fürs Casting vorbereiten kann. Klar habe ich mich angemeldet! Vielleicht werde ich auf diesem Weg selber reich und berühmt.

Spieglein, Spieglein an der Wand

Er muss immer ergriffen lächeln, wenn er sich in einem Spiegel oder in einer Fensterscheibe erblickt. Nicht, dass er so schön wäre – im Gegenteil. Aber wenn einem die eigene Wichtigkeit so entgegenstrahlt, ist das einfach ergreifend. Mit hoch erhobenem Haupt strebt er durch die Schulflure. Er grüßt nicht. Er wird gegrüßt. Eventuell lässt er sich herab und nickt huldvoll zurück. Aber meist ist er so von der eigenen Imposanz erfüllt, dass er das Gewürm, das seinen Dienstweg kreuzt, gar nicht wahrnimmt. Er macht nicht Platz für andere. Das Fußvolk räumt ihm den Weg und drückt sich an die Wand, damit er gravitätisch vorbeidefilieren kann. Andernfalls würde man auch schmerzhaft mit ihm zusammenstoßen.

Wenn die niederen Chargen mit ihren banalen Alltagsgeschäften beim Schulleiter Schlange stehen, drängelt er sich vor. Er hat es eilig, er ist wichtig. Er muss gleich in die Oberstufe und sein wertvolles Gedankengut weitergeben. Wobei ihm sein spritziger Intellekt von großem Vorteil ist. Ihm fressen die Schüler aus der Hand, besonders die Mädchen. Sie hängen an seinen Lippen und schreiben alle seine existenziellen Gedanken mit. Kaum ein Kollege hat soviel Erfolg im Unterricht! Stolz rühmt er sich auf Konferenzen seiner Tatkraft, seiner Geistesblitze und Erleuchtungen. Disziplinprobleme sind kein Thema für ihn. Mitleidig verfolgt er entsprechende Diskussionen des pädagogischen Fußvolkes.

Selbstherrlich und souverän geht er seines Weges. Nicht im Traum käme er auf die Idee, eine für ihn offen gelassene Tür hinter sich zu schließen, im Lehrerzimmer ans Telefon zu gehen oder auf einen klopfenden Schüler zu reagieren. Dafür hat er

Dienstbolzen. Und die arbeiten gern für ihn. Besonders Frauen. Sie lächeln geschmeichelt, wenn er ihnen ins Wort fällt oder ihnen den Weg abschneidet. Sie kichern erregt, wenn er geruht, sie wahrzunehmen. Ihnen einen kleinen Scherz mit auf den Weg in die Klasse gibt oder mal die Tür aufhält – mehr aus Versehen, nicht etwa aus Hilfsbereitschaft oder Galanterie.

Mit seinen alten Zeitungen und ausgedienten Unterrichtsmaterialien füllt er die Papierkörbe im Lehrerzimmer, aber natürlich würde er nie einen Eimer zum Altpapier-Container tragen. Irgendeine Dumme findet sich immer, die den Dreck für ihn wegräumt. Bei kollegialen „Umtrünken", an denen er gerne und ausführlich teilnimmt, lässt er sein schmutziges Tellerchen und sein klebriges Becherchen einfach stehen, wenn er geht. Die eine männerfeindliche Kollegin wird es naserümpfend und giftig vermerken, aber die anderen waschen klaglos für ihn ab. Ihm nehmen sie nichts übel, er ist ein Mann und noch dazu ein wichtiger. „Sei doch nicht immer so aggressiv!", wird die kritische Kollegin ermahnt. Er leitet doch einen ganzen Fachbereich und repräsentiert als Leistungsträger die Schule. Er hat einen unschätzbaren Wert für die Außenwirkung der Anstalt, er hat nämlich mal einen Preis gewonnen und durfte einem Politiker die Hand schütteln. Wie kann er mit dieser Hand fettiges Geschirr abwaschen und Essensreste entfernen?!

Er bedient sich gerne der Unterrichtsideen und Unterlagen anderer. Da fragt er nicht lange. Er ist pikiert, wenn sich jemand deswegen beschwert. Es ist doch eine Ehre, von ihm beklaut zu werden. „Kannst du nicht im Team arbeiten?", fragt er empört. Er hat viele Beziehungen nach oben. Die pflegt er gerne telefonisch, wenn sich viele Kolleginnen und Kollegen im Lehrerzimmer aufhalten und ehrfürchtig zuhören, wie er mit den Oberen plaudert und scherzt. Mit ihm darf man es sich nicht verscherzen, denn dann verscherzt man es sich mit allen wichtigen Männern in Schule und Amt. Das kann sehr schmerzlich sein. Wichtige Männer sind oft humorlos und reagieren nicht großzügig, wenn man sie nicht gebührend beachtet. Spott und Ironie vertragen sie überhaupt nicht. Schüler, die ungebührliche Abiturreden halten, bekommen dafür ihr Leben lang Hausverbot an der Schule. Majestätsbeleidigung ist schließlich kein Kavaliersdelikt! Bei Konflikten weiß er die Schulleitung geschlossen hinter sich. Nicht umsonst hat er da jahrelang auf dem Schoß gesessen. Es hat gar keinen Sinn, den Kampf mit ihm aufzunehmen. Das weiß er. Und als die streitlustige Kollegin resigniert wieder von dannen zieht, leuchten seine Augen, als würde er sich gerade im Spiegel bewundern.

Kaugummikauen macht intelligent

Wo steckt bloß der Zahnarzt, der beharrlich behauptet, dass Kaugummikauen gesund ist? Seine Zeitungsartikel hält mir laufend irgendein Schüler vor die Nase, dem gerade eine grüne oder blaue Blase vor dem Mund zerplatzt. Ich möchte diesen Zahnarzt so gern mit meiner 7. Klasse heimsuchen, damit er den Kindern seine Praxis zeigt, alles über Zahnpflege erzählt und sämtliche Hilfsmittel demonstriert: von der handbetriebenen Zahnbürste mit zweiseitiger Kippmechanik bis hin zur elektrischen mit animierender Begleitmusik. Vielleicht schenkt er uns auch ein paar Zahnpasta-Proben mit Nutella-Geschmack.

Wie er das wohl findet, wenn dreißig Kinder vor ihm sitzen, unablässig mit den Kiefern mahlen und ungeniert schmatzen? Gerade, als er das Schaubild mit dem spätkariösen Gebiss erläutert, macht es laut „Peng" und Sascha wischt sich die Kaugummireste aus dem Gesicht. Wenn wir Glück haben, klebt während des zahnärztlichen Vortrags kein Schüler seiner Nachbarin einen ausgedienten Kaugummi ins Haar. Während wir uns auf den Heimweg machen, durchsucht der Zahnarzt missmutig seine Praxisräume nach unseren Hinterlassenschaften: zähe alte Kaugummis – im Waschbecken, hinterm Monitor, auf dem Fensterbrett. Wenn der Herr Doktor vor seinem Behandlungsstuhl in die Knie geht, wird er darunter mindestens vier graue Kaugummi-Applikationen entdecken. Auf der fünften kniet er gerade, und die sechste klebt an seiner Schuhsohle. Noch am selben Abend wird er seine wissenschaftlichen Statements relativieren! Er wird sich auf internationaler Ebene davon distanzieren, dass Kaugummi ein wesentlicher Bestandteil der Karies-Prophylaxe ist. Jede Wette!

Wenn unser Besuch aber noch nicht zu dieser Einsicht geführt hat, sollte er kurz vor den Sommerferien vorbeikommen, wenn wir unsere Klassenräume für nachfolgende Schülerpopulationen säubern. Und verbissen mit Spachteln und Küchenmessern versteinerte Kaugummis von Tischen und Stühlen heben. Da ich rachsüchtig und bösartig bin, dürfen diese appetitliche Tätigkeit vor allem die Schülerinnen und Schüler ausüben, die mich das ganze Schuljahr über mit ihrem Kaugummi-Geschmatze geärgert haben.

Der Zahnarzt soll gleich diese renommierten Wissenschaftler mitbringen, die herausgefunden haben, dass Kaugummikauen die Konzentrationsfähigkeit und die Intelligenz erhöht. Sie haben das an ihren Studenten untersucht, die mümmelnd ihre Klausuren schrieben. Ich habe mich nur zögerlich auf diesbezügliche Experimente mit meinen Schülern eingelassen. Natürlich hatten sie die entsprechenden Zeitungsartikel gelesen und sie mir entzückt mitgebracht – während sie sonst Zeitungen allenfalls für die Fußballergebnisse anfassen oder wenn ich sie in Sozialkunde dazu zwinge.

Also sah ich mich genötigt, meine Schüler im Unterricht studienweise Kaugummi kauen zu lassen. „Sie als vernünftiger Mensch werden sich doch nicht wissenschaftlichen Erkenntnissen verschließen!?" (Wer hat den Kindern das Argumentieren beigebracht? Die vorlaute Deutschreferendarin?) Nach meinen schulinternen Feldstudien muss ich allerdings feststellen, dass der intelligente Gesichtsausdruck der Schüler reziprok zu ihrer Kau-Intensität steht. Das heißt, je heftiger sie kauen, desto weniger intelligent sehen sie aus. Und besser konzentrieren können sie sich schon gar nicht. Wahrscheinlich hat hier wieder jemand Zahlen und Ergebnisse falsch interpretiert. So, wie beim Spinat, den bedauernswerte Kinder jahrzehntelang voller Ekel löffeln mussten, weil angeblich so viel wertvolles Eisen darin enthalten ist. Dabei war in der wissenschaftlichen Auswertung nur ein Komma zu weit nach rechts gerückt.

In Wirklichkeit schadet Kaugummikauen nämlich der kindlichen Persönlichkeit, der Mimik und der Hirnentwicklung. Und deshalb müssen sich meine Schüler zu Stundenbeginn ihrer Kaumasse entledigen. Im Papierkorb muss es laut und deutlich „Plopp" machen, sonst wird der Kaugummi im hohlen Zahn wieder zum Platz zurückverbracht und mit ganz sanften Bewegungen verstohlen weiterbearbeitet.

Was mich irritiert: Viele Kinder schlucken ihren Kaugummi lieber herunter als ihn wegzuwerfen. Hat vielleicht irgendein Internist behauptet, verdauter Kaugummi sei gut gegen Magenleiden, steigere die Kondition oder enthalte hochwertige Eiweiße und Mineralien? Ich bitte um wissenschaftliche Aufklärung.

Kaugummikauen ist nicht nur gesund, sondern sieht auch sehr gut aus!

Sport ist Mord

Ich habe als Schülerin wenig von Sport gehalten. Anstatt draußen rumzutoben, die Nachbarjungen zu verprügeln oder mich anderweitig körperlich zu ertüchtigen, saß ich stundenlang in eine Sofaecke gekauert und las. Hin und wieder wurde ich aufgeschreckt durch laute Rufe meiner Mutter, die mir wesentliche Aspekte meines späteren Frauenlebens demonstrieren wollte: etwa das Zubereiten von Hefeteig und holländischer Sauce oder das Entfernen von fetten Wollmäusen, die sich unter den Betten fauler Mädchen ansammeln, die lieber lesen als Staub saugen.

Aber zurück zum Thema. Schon Churchill wusste um die Schädlichkeit sportlicher Betätigung. Seiner Meinung nach war er nur deshalb so alt geworden, weil er kräftig Zigarre rauchte und sich vom Sport strikt fernhielt. Obwohl ich Churchills Weisheit damals nicht kannte, war ich dem Schulsport nicht zugetan. Wir hatten so ein ältliches adliges Fräulein in braunem Trainingsanzug, das sein Studium im Dritten Reich absolviert haben musste und uns am liebsten Keulen und Reifen schwingen ließ. Bei Wettkämpfen wählten mich unsere kernigen Sportskanonen stets als Vorletzte in ihre Mannschaften, wussten sie doch, dass ich keinen einzigen Ball fing, mich dafür vorzüglich als Opfer gegnerischer Abwurfversuche eignete und gerne das Staffelholz fallen ließ. Zum Abitur hatte ich das einmalige „Glück", in die Sportprüfung zu kommen. Bei den leichtathletischen Vorprüfungen hatte ich den Absprungbalken kein einziges Mal erwischt. Deshalb musste ich nun beim mündlichen Abitur in rotem Ballonhöschen und weißem Hemd (vorgeschriebene Turnkleidung meiner Anstalt) vor den Augen aller Fachlehrer Hängepartien am Stufenbarren vorführen. Lauter alte Zausel in schwarzen Anzügen, die sich klammheimlich an meinem biegsamen, anmutigen Jungmädchenkörper und den albernen Übungen erfreuten.

Irgendwann in späteren Jahren, als mein Rücken häufiger um Hilfe schrie, sah auch ich die Notwendigkeit sportlicher Betätigung ein. Seither buche ich nur noch Hotels mit Fitnessraum und Schwimmbad, jogge hechelnd durch die Wildnis, stemme Gewichte, bis die Sehnen quietschen, und führe verschreckten Kollegen gerne meinen Bizeps vor. Auf Wandertagen merke ich oft gar nicht, dass meine Klasse mit dem Begleitlehrer und riesigen Fußblasen kilometerweit hinter mir liegt. Schon nach zehn Minuten jammern meine Schülerinnen und Schüler erschöpft. Sie stolpern mir auf hohen Plateauschuhen durchs Dickicht hinterher und japsen, wenn sie eine zweiprozentige Steigung bewältigen müssen.

Ich bekomme aber auch immer diese unsportlichen Gruppen, die mich verständnislos ansehen, wenn ich „Mens sana in corpore sano" an die Tafel schreibe. Die in Musik entkräftet auf die Bank sinken, wenn sie zwei Seniorentänze hinter sich haben. Meine Schülerinnen und Schüler graulen sich vor Sporttagen und Wettkämpfen. Keine einzige Urkunde ziert meinen Klassenraum, während der Kollege nebenan mit den Ergebnissen seiner wadenstarken Fußballer sämtliche Wände pflastern kann. Bei Bundesjugendspielen schleichen meine Kinder waidwund auf den Platz und setzen sich schwerfällig auf die Krankenbank, während ich vergrämt ihre Arztatteste einsammle. Nur vereinzelt wollen meine Schüler öffentlich Kugel stoßen, tausend Meter laufen oder in staubige Sandgruben hüpfen. Es hilft nicht, dass ich ihnen Energetic-Drinks und Eiweißriegel mitbringe und sie mit schrillen Schreien anfeuere. Sie verfehlen selbst einen Ball, der direkt vor ihren Füßen ausrollt. Sie lassen den Volleyball grundsätzlich unter dem Netz durchspringen, sie werfen den Basketball zehn Meter am Korb vorbei oder schleudern die Holzkeule ins Mal, während der Baseball irgendwo im Zuschauerraum verschwindet.

Als bei einem Sport- und Spieltag wieder alle Schüler ihre Turnschuhe und Trainingsanzüge vergessen haben, gehe ich wutentbrannt mit ihnen in den Klassenraum und lasse sie einen besinnlichen Aufsatz schreiben. Ich zitiere Thomas aus der 9. Klasse: „Warum man Sport treiben muss? Weil man die Bedingungen der Lehrer leider erfüllen muss. Es heißt ja, Sport sei gesund. Ich finde ihn einfach nur anstrengend. Und ich bin gegen jegliche Form körperlicher Anstrengung! Im Leben ist es viel wichtiger, geistig fit zu sein! Also sollte man in erster Linie seinen Intellekt üben! Manche Menschen treiben Sport, um ihren Körperbau in Form zu bringen oder um abzunehmen – was ihnen allerdings nur selten gelingt. Sex soll ja auch eine Art Sport sein. Manche Männer können beim Sex durch zuviel Erregung sterben!“

Ein paar Monate später erblicke ich Thomas im Fitness-Studio. Er ist karmesinrot im Gesicht und arbeitet gerade an seinem Gluteus maximus*. Ich grinse süffisant. Und er knurrt entkräftet: „Ja ja, ich weiß, Sport ist Mord. Nur der Intellekt zählt. Aber seit meine Freundin zu so einem Bodybuilder übergelaufen ist …“

(für die physiologisch Ungebildeten unter uns: der Gesäßmuskel)*

Neue Lehrer braucht das Land. Mit Eignungstest!

Jahrelang ist es verantwortlichen Politikern gelungen, den pädagogischen Nachwuchs von den Schulen fernzuhalten und stattdessen den Akademikeranteil bei Taxifahrern erheblich zu steigern. Nun ist über Nacht in Deutschland der Lehrermangel ausgebrochen. Noch ein paar Jahre, und Tausende verbrauchter Pauker verschwinden – völlig unerwartet – auf dem Altenteil. Jetzt werden die Reserven mobilisiert. Leute, werdet wieder Lehrer! Wir nehmen jeden. Einzige Bedingung: aufrechter Gang und die Fähigkeit, ein Stück Kreide zu halten. Deutschkenntnisse sind von Vorteil. Aber nicht nur erfahrene Arbeitskräfte aus der freien Wirtschaft und dem benachbarten Ausland gilt es zu gewinnen, auch der junge Mensch muss wieder angehalten werden, ein Lehramtsstudium aufzunehmen. Deshalb wendet sich die Bundesregierung mit diesem Schreiben an alle Schulabgänger:

Liebe Abiturienten und Abiturientinnen!

Hätten Sie nicht gern einen schönen Beruf, der Ihnen Befriedigung, Glück, Anerkennung und ein gutes Auskommen garantiert? Stehen Sie auch manchmal neiderfüllt am Schulzaun und sehnen sich nach dieser paradiesischen Idylle, die sich vor Ihren Augen auftut? Blühende Gärten, spielende Kinder, lächelnde Lehrer. Ein Traumberuf mit Zukunft!

Warum Zaungast bleiben? Kommen Sie herein, machen Sie mit, werden Sie Lehrer! Hier und heute. In Hessen. In Schleswig-Holstein. In Berlin. In Deutschland.

Haben Sie sich einmal für diesen erfüllenden Beruf entschieden, wird schon das Studium Ihre positive Erwartungshaltung in jeder Hinsicht übertreffen. Als Lehramtsstudent zahlen Sie keine Studiengebühren und genießen innerhalb der Studentenschaft hohes Ansehen. Sie erhalten von kompetentem, methodisch geschultem Lehrpersonal einen umfassenden Überblick über Ihre zukünftigen Lehrfächer. Und nicht nur hier einen Brosamen spätromantischer Lyrik, dort ein Krümelchen Kafka (aber nur aus psychoanalytischer Sicht und auch nur das Frühwerk!).

Sie müssen sich grundlegende Fertigkeiten wie Sprachkenntnisse nicht teuer nebenbei in privaten Instituten erkaufen, weil Sie in der Uni keinen Sitzplatz im überfüllten Sprachlabor finden oder die Assistentin zwar des Französischen mächtig ist, aber keine einzige Grammatikregel hinreichend erklären kann. Bücher und alle benötigten Materialien stehen für Sie in der Universitätsbibliothek jederzeit in ausreichender Anzahl bereit. Ihr Studium zeichnet sich durch Praxisnähe und persönliche Betreuung aus. Liebevoll begleiten erfahrene Professoren Sie durchs Examen, nachdem Sie mit dem nötigen psychologischen Fingerspitzengefühl für den Schulalltag ausgerüstet worden sind.

Das Referendariat beginnen Sie guten Mutes, ohne längere Wartezeiten und auf keinen Fall mit der drohenden Verbannung in dörfliche Einöden, in die sonst kein Mensch will. Sie haben die freie Wahl, auch wenn Sie keine Eins im Examen vorweisen können. Ihr Wunsch-Bundesland erwartet Sie mit einem freundlichen Begrüßungsgeld. Das Referendariatssalär garantiert Ihnen einen angenehmen Lebensstil. Schluss mit scheppernden Gebrauchtwagen und Billig-Computern aus dem nächsten Supermarkt.

Ihre Ausbilder sind erfahrene Pädagogen, mögen Kinder und können Ihnen jederzeit beispielhafte Musterstunden vorführen. Sie dämpfen Ihren Idealismus nicht mit zynischen Bemerkungen („Na, warten Sie erst mal ab, wie das im Alltag wird!") und schicken Sie nicht psychisch in den Keller, um Sie anschließend wieder gönnerhaft aufzubauen. Ihr manchmal blindwütiger Elan wird gütig und weise in die richtigen Bahnen gelenkt. Niemand erwartet, dass Sie bei Lehrproben im schwarzen Anzug oder im Kostümchen auftreten und zwanzig Seiten lange Stundenentwürfe abliefern. Ihre pädagogische Eignung wird nicht daran gemessen, wie viele verschiedene Medien Sie in einer einzigen Stunde zum Einsatz bringen können. Nach dem zweiten Examen können Sie selbstverständlich an Ihrer Ausbildungsschule verbleiben. Aber es steht Ihnen auch jede andere bundesdeutsche Schule offen. Auf Wunsch mit Dienstwohnung!

Die Auswahl wird Ihnen schwer fallen. Ein Schulgebäude ist anheimelnder als das andere. Modernste Medien erleichtern Ihre tägliche Arbeit. In gepflegten Klassenräumen sitzen motivierte und wissensdurstige Schüler – nicht mehr als 20 an der Zahl! –, die Sie mit Ungeduld erwarten. Zu Ihrer Unterstützung stehen interessierte Eltern bereit. Ihre Kollegen arbeiten gern mit Ihnen zusammen, denn der Schulleiter, ein begnadeter Experte in moderner Menschenführung, prägt das herzliche Klima an Ihrer Schule. Jeder fühlt sich gerecht behandelt. Begriffe wie Mobbing oder Burn-out sind gänzlich unbekannt.

Ihre Stellung im sozialen Gefüge des Wohnortes ist von Beginn an beträchtlich. Welcher Beruf ist schon so angesehen und geschätzt wie der des Lehrers? Ihre Aufstiegschancen sind mehr als erfreulich. Falls Sie – was schwer vorstellbar ist – einmal Ihre Schule wechseln wollen, stellt Ihnen niemand etwas in den Weg. Ihr Dienstherr hält Ihnen stärkend den Rücken frei und schützt Sie vor jeglicher Unbill. Kein Mensch käme auf die absurde Idee, gesellschaftliche Missstände Ihnen persönlich anzulasten. Politiker singen das Hohe Lied auf alle Lehrer! Der Bundeskanzler erinnert sich ergriffen an seine eigene Schulzeit und an die unermüdlichen Pädagogen, die ihm den Weg zum Erfolg gewiesen haben. Aus gegebenem Anlass wird der „Tag des Lehrers" (wieder) eingeführt. Kleine Kinderhände reichen Ihnen Wiesensträuße, gerührte Mütter schmiegen sich an Sie, verlegene Väter drücken Ihnen dankbar die Hand. Vorurteilsfreie Journalisten schreiben ausgewogene und engagierte Artikel über den Schulalltag und wissen Ihren Einsatz vor Ort zu schätzen.

Was zögern Sie noch? Neue Lehrer braucht das Land! Schon mit der Immatrikulation erhalten Sie Ihre Verbeamtung. Sie müssen nur noch hier ankreuzen:

¤ **Ja, ich möchte Lehrer/in werden! Sofort!**

Findige Bildungsexperten haben einen Schnelltest entwickelt, mit dem Sie in wenigen Minuten Ihre Eignung als Lehrer feststellen können. Viel Erfolg!

Beantworten Sie bitte folgende Fragen ganz spontan:

1. Kennen Sie Bücher, in denen Kinder vorkommen?
   ¤ Ja ¤ Nein

2. Ist jemand in Ihrem Umfeld Lehrer?
   ¤ Ja ¤ Nein

3. Finden Sie Ihre/n Kultusminister/in charismatisch?
   ¤ Ja ¤ Nein

4. Macht Ihr Dackel, was *Sie* wollen?
¤ Ja ¤ Nein

5. Haben Sie mal ein Semester studiert oder es angedacht?
¤ Ja ¤ Nein

6. Können Sie deutlich artikulieren und/oder in ganzen Sätzen sprechen?
¤ Ja ¤ Nein

7. Fördern enge, überfüllte Räume ohne festen Arbeitsplatz Ihre Motivation?
¤ Ja ¤ Nein

8. Schätzen Sie Herausforderungen und Unwägbarkeiten jedweder Art (z.B. jährlich sinkendes Gehalt im Ausgleich zu steigender Arbeitszeit)?
¤ Ja ¤ Nein

9. Sind Sie resistent gegen schlechte Presse, Beschimpfungen und Diffamierungen von „fauler Sack" bis hin zu Nicht-Zitierbarem?
¤ Ja ¤ Nein

10. Sind Sie gegebenenfalls bereit, sich als Ich-AG einzubringen oder auf „Ein-Euro-Basis" tätig zu werden?
¤ Ja ¤ Nein

11. Freuen Sie sich auf Tinnitus und Burn-out-Syndrom?
¤ Ja ¤ Nein

12. Sind Sie unter 60?
¤ Ja ¤ Nein

13. Haben Sie diesen Test selbstständig und ohne fremde Hilfe ausgefüllt?
¤ Ja ¤ Nein

Wenn Sie mindestens eine dieser Fragen mit Ja beantwortet haben, melden Sie sich bitte umgehend bei der zuständigen Schulbehörde Ihres Bundeslandes.

Wir freuen uns auf Sie!

Schummeln – aber richtig

Was gibt es Fleißigeres als Schülerinnen und Schüler, die Spickzettel für die nächste Klassenarbeit vorbereiten? Liefen solche Aktivitäten nicht auf kaltblütigen Betrug hinaus, jedes Lehrerherz müsste höher schlagen angesichts dieser Akribie in Form und Inhalt, angesichts des Wetteifers, die kleinste Formelsammlung der Welt herzustellen. Richtige Experten tippen ihre Vokabellisten und Notizen ab und verkleinern sie im Copy-Shop auf Briefmarkengröße. Spezialisten für Body-Painting notieren das benötigte Wissen auf Armen und Beinen und lüpfen bei Bedarf die Kleidung. Banal, aber beliebt: die Federtasche, in der man ganz beiläufig kramen kann. Achtung: Dabei nicht ständig den Blick des Lehrers suchen!

Man kann seine Notizen auf die Schuhsohle kleben, elegant das Bein aufs andere legen und versonnen nach unten starren. Lange Haare sind sehr vorteilhaft. Durch die wallenden Locken des züchtig gesenkten Kopfes weiß das Lehrpersonal nie genau zu orten, wo der Blick der nachdenklichen Schülerin gerade weilt: auf dem eigenen oder auf dem Heft der Nachbarin? Oder auf dem beschrifteten Schenkelchen? Gern genutzt werden auch Werbekugelschreiber, in deren Glasgehäuse man z. B. die Tabelle mit den Geschichtszahlen fädeln kann. Weiter finden sich Spickzettel auf Lineale, Schultaschen, Stühle und Rechner geklebt, unter Armbanduhren geklemmt, auf den Rücken des Vordermannes geheftet oder – der neueste Trick – zwischen Kekse geschoben. Welcher Lehrer will es gestressten Prüflingen verwehren, sich gegenseitig mit Proviant und Nervennahrung zu versorgen? Nur klebt eben in dieser Prinzenrolle keine Schokolade.

Manchmal klappt es auch, ein Plakat mit Grammatikregeln oder eine Landkarte mit den Bundesländern genau über der Tafel aufzuhängen. Kaum ein Lehrer kommt auf die Idee, vor einem Test die Wände zu kontrollieren. Und Schüler, die angestrengt nach vorne (und nicht nach unten!) starren, machen sich nicht verdächtig.

Toilettengänge sind eine gute Möglichkeit, in aller Ruhe Wissenswertes in einer Übersetzung oder in einem Mini-Lexikon nachzuschlagen. Nur bezweifelt manche Lehrkraft den allzu häufigen Drang, aufs Örtchen zu gehen – auch gewarnt durch amtliche Abitur-Rundschreiben über den Missbrauch von Handys während der Klausuren. Es soll sogar schon zu heimlichen Toilettentreffen mit Außenstehenden gekommen sein, die zwischen zwei Gängen („Ich habe aber Durchfall") die Gliederung für die Erörterung entwerfen. Weitere interessante Tipps finden sich auf einschlägigen Internetseiten …

Aber lohnt dieser Aufwand? Zahlt sich die nervliche Anspannung aus?

Beim Lehrer-Typ „Scharfer Hund" kann man seine Schummelkünste nur äußerst selten zum Einsatz bringen. Der lässt sämtliche Tische leer fegen, selbst Federtaschen müssen verschwinden. Er verteilt die armen Schüler weitflächig im Raum oder sucht hinterhältig Riesenhörsäle aus, ohne jede Möglichkeit, sich dem Nachbarn visuell oder akustisch zu nähern. In überfüllten Kursen entwirft er sogar unterschiedliche Testvarianten A und B, die er grinsend verteilt. Sein Schreibpapier ist mit Speziallochung oder Kinderstempeln so markiert, dass man häusliche Ausführungen beim besten Willen nicht darunterschummeln kann. Während der Arbeit gönnt sich der „scharfe Hund" keine Minute Ruhe. Kein kurzer Blick in die Zeitung oder in die

Natur. Nein, er schnürt wachsam und misstrauisch durch die Bankreihen, hat seine Augen überall gleichzeitig und dreht die Ohren nach jedem Geräusch. Ekelhaft!

Viel erfreulicher verlaufen Klassenarbeiten beim Lehrertyp „Schlaffi". Da kann man ungeniert Hefte und Bücher unter dem Tisch aufschlagen und noch mal nachlesen. Man kann sporadisch zum Papierkorb wandern, unterwegs die Lösungsansätze der Mitschüler studieren oder sogar das ein oder andere Blatt mit den Fachleuten der Klasse austauschen. Dem Schlaffi darf man während der Arbeit Fragen stellen, in denen die richtige Antwort (für die Mitschüler) bereits enthalten ist. Schlaffi liest konzentriert Fachbücher oder korrigiert etwas. Manchmal hat er sogar wichtige Unterlagen im Lehrerzimmer vergessen, die er schnell holen geht. Und wundert sich hinterher beim Korrigieren, dass bei der Gedichtinterpretation so viele Schüler von denselben Gedankenblitzen durchzuckt wurden. Eigentlich macht es beim Schlaffi gar keinen richtigen Spaß zu schummeln, ohne den Reiz der Gefahr.

Außerschulische Experten finden das Anfertigen von Spickzetteln äußerst sinnvoll! Das Aufschreiben hätte den Effekt des intensiven Wiederholens und Einprägens. Schüler würden sich endlich auf das Wesentliche konzentrieren. Spickzettel könnten durch ihre bloße Existenz Nervosität und Unsicherheit lindern. – Aber darum geht es gar nicht. Das Ganze ist ein sportlicher Wettkampf zwischen Lehrern und Schülern, wer cleverer ist.

Woher ich das alles weiß? Ob ich auch geschummelt habe?
Ich doch nicht!

Werbung in der Schule

Erst kommt das Fressen, dann kommt die Moral." Was wollte Bertolt Brecht uns damit sagen?? Die Staatssäckel sind leer. Schulen können ihre stinkenden Klos nicht sanieren, ihre Stufenbarren und das Loch in der Turnhallendecke nicht reparieren. Schmuddelige Schulbücher wandern wieder durch ganze Generationen. In den Horten deutscher Bildung gibt es kaum noch Toilettenpapier und Seife, keine Grünpflanzen, Bilderrahmen oder neue Fußbälle. Da die Stelle des Medienwarts wegrationalisiert wurde, träumen kaputte Videorecorder und Computer ungenutzt vor sich hin. Lehrer über siebzig schleppen sich zum Unterricht, weil kein Geld da ist, um pädagogischen Nachwuchs einzustellen.

Aber Hilfe naht! Lehrer und Eltern können getrost das Brötchenschmieren und Kuchenbacken für Wohltätigkeitsbüfetts einstellen. Sie brauchen nicht mehr für Weihnachtsbasare zu häkeln und zu werkeln. Die Kinder müssen nicht weiter auf schulinternen Kulturabenden tingeln, um Klassenfahrten und Theaterkostüme zu finanzieren.

Früher, als es uns gut ging, war Werbung verpönt und hatte im Bannkreis von Schulen nichts, aber auch gar nichts zu suchen. Schleichwerbung! Ein Begriff, bei dem sich alle angewidert schüttelten. Aber heute, wo jeder Sportler seine Sponsoren am ganzen Körper (einschließlich der Fußsohlen) spazieren tragen darf und der Staat pleite ist, erfreut einen doch der Gedanke, dass viele Firmen in den Schulen für Wohltaten sorgen wollen, wenn sie dafür ein kleines bisschen für ihre Produkte werben können.

Ungeahnte Geldsummen werden in die Schulen fließen! Dafür müssen die Schüler z.B. nur im roten T-Shirt einer Cola-Firma erscheinen und beim Betreten des Schulgebäudes fröhlich den aktuellen Werbeslogan aufsagen. Dafür gibt es den ganzen Tag lang kostenlose Softdrinks, Filzstifte und Hefte mit dem Firmen-Logo. Dieses Emblem schmückt auch das triste Mobiliar und die kahlen Wände, soweit die Plakate der Videospiel-Firmen noch Platz lassen.

Die Lehrer tragen die hübschen Kittel einer Kaffeefirma und weisen auf Elternabenden darauf hin, wie belebend und doch schonend dieses Spitzengetränk ist. Der Schullautsprecher nervt nicht mehr mit langweiligen Durchsagen („Die Klasse 10a bitte umgehend zum Unterricht!"), sondern lockert die Stunde alle zehn Minuten durch Werbeblöcke auf. Wenn die Schule schon länger von der freien Wirtschaft gefördert wird, verfügt sie natürlich über große Projektionswände, auf denen die Werbespots auch visuell präsentiert werden.

Für Zigaretten und Alkoholika darf natürlich nur bei volljährigen Oberstufenschülern geworben werden. Die entsprechenden Verkostungen finden erst nach 18 Uhr statt, wenn die Kleinen mit ihren entzückenden Werbemützchen das Schulgelände verlassen haben. Diese gelbbraunen Mützen repräsentieren eine amerikanische Hackfleischfirma, die ihre Klopse auf dem deutschen Markt etablieren will. Im Sportunterricht gibt es dank der Sponsoren reichlich Fußbälle, Schuhe und Trikots, und niedliche Cheerleaderinnen wedeln mit ihren Pompons und rufen: „Danke, Adiwas!"

Der Schultag beginnt mit gemeinsamen Sprechchören: Lehrer und Schüler lobpreisen die großzügigen Spender und ihre Produkte. Besonderes Engagement der Werbeträger wird mit schönen Prämien belohnt, etwa mit einer Reise zu der Frikadellenfabrik in Wyoming. Die Firmen behalten sich Kontrollbesuche vor, ob das Lehrpersonal auch saubere Kittel trägt, die Werbeblöcke ungekürzt laufen und die Schüler die Sprechchöre angemessen vortragen.

Natürlich bleibt all das nicht ohne Einfluss auf den Unterricht: Das Schulleben wird modern und zeitgemäß. Brainstorming- und Kreativitätssitzungen stehen auf dem Plan, Marketing-Analysen und Börsenspiele bereichern den Mathematikunterricht. In Deutsch ersetzen wir die Sprache der Lyrik durch die Sprache der Werbung, die Stilmittel sind dieselben. Statt „Geschichte der Weimarer Republik“ lernen die Schüler die „Geschichte der deutschen Aktiengesellschaften“. In Musik werden Werbe-Jingles komponiert, die Theater-AG gestaltet Trailer für Jeans und Joghurtprodukte. Der Kunstbereich widmet sich der Werbegrafik und dem Produktdesign. Die Schulleitung teilt ein Großraumbüro mit den Sponsoren und analysiert jeden Montag die Einsatzbereitschaft der Kollegen analog zu den Gewinnkurven der fördernden Firmen.

Dafür gibt es nun auf den Toiletten der Schule Seife und weiches Papier, einen Swimmingpool im Schulhof, Laptops für alle, Internet-Zugang in jedem Klassenraum, Gesundheitsberatung für Schüler mit Folgeschäden einseitiger Ernährung, jede Menge Lehrer unter Dreißig, ein gemütliches Altersheim für pensionierte Kollegen, ausreichend Ausbildungsplätze für alle Jugendlichen in den Sponsorenfirmen und noch viel, viel mehr!

Werbung ist eine Wohltat. Die einzelnen Schulen sollten das endlich einsehen und sich nicht so zieren, sondern in einen munteren Wettbewerb eintreten, wer den fettesten Fisch an Land zieht. Blühende Schullandschaften warten auf uns! Wer zu spät kommt …

Masochistische Duldungsstarre

Ein schlechtes Gewissen ist ein wunderbares Druckmittel. Es funktioniert seit Jahrhunderten im Kleinen wie im Großen, im öffentlichen wie im privaten Raum, dämpft Lebensfreude und Übermut und motiviert zu mehr Anstrengung. Man muss nur kontinuierlich die Schuldgefühle der Betroffenen wach halten und vertiefen, damit ihr Eifer nicht nachlässt – etwa durch vordergründige Zufriedenheit, vermeintliche Erfolgserlebnisse oder Ermüdungserscheinungen.

Als aufgeweckter Leser ahnen Sie schon, dass hier von Lehrern die Rede ist. Vielleicht haben Sie unlängst beim Physiotherapeuten in einer bekannten Frauenzeitschrift geblättert, in der eine Kolumnistin empört forderte: „Lehrer, macht endlich euren Job!“ Anderthalb Seiten lang listet sie alle gesellschaftlichen Problemfelder und Missstände auf, die ihr in einem gut honorierten Brainstorming so einfielen, um die Ursachen dann genüsslich den faulen Pädagogen in die Schuhe zu schieben. Begeisterte Eltern antworten ihr. Verständlich. Was ist schöner, als unangenehme Arbeiten zu delegieren? Ich koche und putze schließlich auch nur widerwillig und überlasse diese Aufgaben gern meinem Partner. Der trägt schwer an seinen historischen Altlasten als Mann, und ich nutze jede Gelegenheit, sein schlechtes Gewissen zu schüren.

Kindliche Wartung und Sozialisation, die einst zum familiären Aufgabenbereich gehörten, wurden in den letzten Dekaden nahezu nahtlos der Schule übertragen. Sei es das telefonische Wecken beim schulaversiven Kind, ausreichende Flüssigkeitszufuhr, der tägliche Auslauf, korrekte Mülltrennung oder mitteleuropäische Umgangsformen („bitte“ und „danke“ sagen, grüßen, nicht ins Treppenhaus spucken, die Mütter der Mitschüler aus sexuellen Verwünschungen heraushalten usw.). Lehrer sind zuständig für Grob- und Feinmotorik ihrer Schüler, für Körperhygiene und Empfängnisverhütung, für die Vernetzung der Hirnhälften und für saisonal sinnvolle Bekleidung. Sie vermitteln Werte, die von der globalisierten Ich-Gesellschaft vergnügt abgelegt worden sind, und den richtigen Umgang mit Gewalt, Alcopops, Computer und Dispo-Kredit. Sie pflegen Streitkultur, Esskultur und Wohnkultur. Sie folgen dem Vorschlag einer weisen Abgeordneten und machen verstärkt Hausbesuche bei bildungsfernen Familien, um auch die Väter in demokratische Erziehungsarbeit einzubinden. Sie schreiben ihren Schülern eMail-Memos, falls Hausaufgaben zu erledigen sind, und telefonieren abends zwei Stunden mit beratungsresistenten Erziehungsberechtigten.

Da bleibt oft wenig Raum für Prozentrechnung und Sprachförderung. Prompt klagt die Handwerkskammer über Schulabgänger, die nicht ausbildungsfähig sind. Also muss der Staat die Daumenschrauben noch enger drehen, damit das Personal spurt: Die Lerngruppen vergrößern, die Arbeitszeit erhöhen, Humankapital und Gehalt kürzen. Egal, ob im Kindergarten oder in der Grundschule. Dem Bürger wird das als tiefgreifende „Bildungsreform" verkauft.

An einer Berliner Universitätsklinik sind Ärzte und Forscher auf ein ganz neues Krankheitsbild gestoßen: die „masochistische Duldungsstarre". Die betroffenen Patienten, meist Lehrer und Erzieher, stehen unter erheblichen Druck, neigen zu Depressionen und Schuldgefühlen. Sie sind davon überzeugt, das Elend der Welt tragen und korrigieren zu müssen. Öffentliche Vorwürfe und immer neue Zumutungen nehmen sie bereitwillig und still auf sich. Wie Sisyphos rollen sie unermüdlich Steine bergauf und haben ein schlechtes Gewissen, wenn der

Felsen wieder ins Tal donnert. Nur vage ahnen sie, dass die ganzen Aufgaben von ihnen allein gar nicht gelöst werden können. Die masochistische Duldungsstarre verhindert, dass sie die Eltern vehement an ihre Erziehungspflichten erinnern: „Macht endlich euren Job!“ Und dass sie von Politik, Wirtschaft und Spaßgesellschaft lautstark inhaltliche, materielle und personelle Unterstützung fordern. Aber das ist gut so. Denn wenn Lehrer und Erzieher massiv protestieren würden, dann müsste man in deutschen Landen ja vielleicht umdenken und wirklich grundlegende Änderungen vornehmen. So kann man die Lehrer mit ein paar „Lärmampeln“ an Grundschulen abspeisen. Diese pfiffigen Erfindungen schalten auf Rot, wenn die Frequenz für das gesunde Ohr zu hoch wird. Und sofort verstummen die lieben Kleinen. Glaubt der Schulsenator.

Immer nur das Eine

Woran denken Schülerinnen und Schüler ständig? An die nordhumbrische Lautverdumpfung? An subglaziale Rinnen? An Osmose, Symbiose, Quintenzirkel oder Karl den Kahlen? Quatsch. An S E X natürlich! Und zwar immerfort. Ich vermute mal, dass es den meisten Erwachsenen genauso geht, aber sie wissen sich in ihren niederen Neigungen besser zu beherrschen und zu verstellen … Schüler beiderlei Geschlechts haben im zarten Alter der Pubertät nur noch monokausale Assoziationen und reagieren bei bestimmten Stimuli ganz unverblümt. Jeder Gegenstand, der länger als breit ist, lässt sie feixen und hochrot vor Freude unterm Tisch versinken. Freud hat nie geahnt, was alles als Phallussymbol herhalten muss.

Und wenn der erregende Begriff dann auch noch offen fällt! Zum Beispiel in Biologie: Die meisten Vierbeiner haben Schwänze. Kicher, kicher. Wie soll man diese mehr oder weniger buschige Fortsetzung der Wirbelsäule denn sonst nennen? In Deutsch lesen wir Goethes „Erlkönig“, das ist dieses unheimliche Wesen, das mit „Kron’ und Schweif“ fieberkranke Jungen verfolgt. „Was ist denn ein Schweif, Frau Frydrych?“ Meiner etymologischen Erklärung folgt entzücktes Gelächter. Wer denkt sich in Sprachbüchern eigentlich die Überschriften aus? Ich werde mich hüten, jene Seite aufschlagen zu lassen, falls ich nicht zehn Minuten Zeit für dreißig Jugendliche übrig habe, die stöhnend zitieren: „Vom Satzglied zum Gliedsatz! Satzglied! G l i e d - satz!“ Arglos übersetzt der Englischlehrer für die Schüler die neue Vokabel ‚member‘: Mit Glied. Hihihi. Unverdächtige Zusammensetzungen mit dem Wort „Vogel“ können den Gang einer Unterrichtsstunde auch sehr behindern.

Kein Musikwissenschaftler hat die pädagogischen Folgen bedacht, als er die Instrumente kategorisierte. „Holzblasinstrumente. Gacker, gacker. Blechblasinstrumente! Gacker, gacker!" Ein Knabe, der im schulinternen Blasorchester spielt, ist darob so verschämt, dass er nur vom „Puste-Orchester" spricht. Wenn man Tänze beibringt, müssen die Anweisungen kurz und zackig sein. Man hat keine Zeit, im Takt der Musik zu flöten: „Und nun machen wir einen Schritt zur Kreismitte und wieder einen heraus." Also heißt es: „Rein und raus, rein und raus ..." Den Tanz können Sie vergessen. Überlegen Sie sich fürs nächste Mal unverfängliche Kommandos!

Die Zahl Sechs hat in pubertierenden Klassen auch stets größere Heiterkeitsausbrüche zur Folge. Man muss die Zahl nur nennen, schon skandieren die Jugendlichen mit leuchtenden Augen: „Sssex, Sssex, Sssex!" Ich umgehe das folgende Wort gern, aber manchmal muss man in Deutsch einfach die „fiktive Literatur" erwähnen. Da kann man noch so sachlich auf Wortwurzeln im Mittelhochdeutschen, auf Ursprünge im Lateinischen hinweisen, die Fröhlichkeit (selbst in der Oberstufe) ist kaum zu bremsen: „Fick – tief? Hahaha!" Will ich in Grammatik Wörter konjugieren lassen, können Sie sicher sein, dass auch das Ferkelwort für „kopulieren" als Beispiel genannt wird. Da ich mittlerweile abgebrüht bin, habe ich beim zehnten Mal den Knaben nach vorn geholt und ihn das Verb durch alle Zeiten konjugieren lassen. Erst war er hochrot vor Verlegenheit und konnte seinen Arbeitsauftrag kaum fassen, aber spätestens beim Konjunktiv Irrealis hatte er leuchtende Augen. „Oh, hätte ich doch gef ... !"

Manche Kollegen veranstalten vor den Ferien neckische Schreibspiele, nach dem Schema „Onkel Fritz sitzt lustig in der Badewanne". Im Schutz der Anonymität erblühen dabei die schönsten

Schweinereien. Die Personen dieser Spiele tauchen überdurchschnittlich häufig im Puff, im Bett und im Klo auf – es sei denn, diese Orte werden vom Spielleiter von vornherein ausgeschlossen. Dann treiben es die Betreffenden halt beim Psychiater oder im Springbrunnen. Kommen Verben im Spiel vor, sind es selten Wörter wie „singen, klingen, springen“. Ich verzichte hier auf Beispiele. Sie kennen selber genug zartfühlende Begriffe für die geschlechtliche Vereinigung.

Gern schreiben sich die lieben Kleinen im Unterricht Briefe, die man kassieren und anschließend im Lehrerzimmer zum Vortrag bringen kann – falls man dabei keine roten Ohren bekommt und nicht allzu vornehme und sensible Kollegen hat. Wer wenig Umgang mit den Massenmedien pflegt, kann hier sprachlich und inhaltlich viel lernen.

Jede pubertierende Klasse hält sich in ihren Ideen für besonders originell, wenn sie dem männlichen Personal den Schreibtisch mit Tampons dekoriert oder dem weiblichen Personal Präservative über die Türklinke stülpt. Wenn die Lehrer, abgestumpft durch jahrelangen Umgang mit Jugendlichen, diese anrüchigen Objekte stoisch entfernen, sind die Kinder enttäuscht. Hatten sie sich doch so auf verlegene und pikierte Reaktionen gefreut.

Ich habe die jugendlichen Künstler noch nicht erwähnt, die alle erreichbaren Flächen bemalen und beschriften. Nein, nicht mit Blümchen und Schmetterlingen. Sondern mit Geschlechtsteilen in all ihren Varianten und Funktionen. Diese finden sich – im Stil naiver Höhlenmalerei – auf Arbeitsblättern, in Physik- und Liederbüchern, auf Tischen, Stühlen und auf Toilettenwänden.

Zum Glück dauert die Pubertät nur von der ersten bis zur dreizehnten Klasse!

Kleine Künstler bemalen alle erreichbaren Flächen mit ihren Lieblingsmotiven!

Nie wieder Julklapp

Warum sind Schüler so scharf auf Julklapp? Was ist daran schön, ein Geschenk von jemandem zu bekommen, der einen vielleicht gar nicht leiden kann? „Julklapp“ – oder auf Kolonialdeutsch: „Wichteln“– ist der Knüller für jede Weihnachtsfeier. Alle schreiben ihren Namen auf einen Zettel, selbiger wandert in einen Hut (als ob irgendjemand noch Hüte trägt …), und jeder zieht einmal. Das gezogene „Opfer“ muss dann ganz individuell und phantasievoll beschenkt werden. Das kann man auch wunderbar mit Erwachsenen spielen und dabei all den Kram abstoßen, der sowieso nur im Schrank rumsteht. Vorher wird absolutes Stillschweigen über die „Bezugsquellen“ vereinbart. Aber keiner in der Klasse fühlt sich an diese Vereinbarungen auch nur im entferntesten gebunden. Innerhalb der nächsten großen Pause weiß jeder Bescheid, wer wen zu beschenken hat, und Entsetzensschreie hallen durch den Schulflur:„Iih, ich hab' Marvin gezogen!“ Flugs tauschen die lieben Kleinen missliebige Zettel untereinander aus. Zwei Jungen wenden sich verzweifelt ans Lehrpersonal: Was sollen sie um Himmels willen einem Mädchen schenken?

Vor dem Festakt werden geheimnisvolle Pakete aller Größenordnungen im Lehrerzimmer deponiert. Nach bösen Erfahrungen achtet die Lehrerin darauf, dass alle Namensschilder ganz fest kleben. Nicht noch einmal möchte sie erleben, dass am Ende der Veranstaltung ein paar vergrämte Kinder, einige anonyme Päckchen und eine Handvoll loser Aufkleber übrig sind. Von der Klasse genötigt, nehmen auch die beiden Lehrer am Julklapp teil. Die schweigen eisern darüber, wen sie gezogen haben. Allerdings ist später ohnehin allen klar, von wem das „gute Jugendbuch“ stammt. Die weise Pädagogin schummelt vor der

Feier noch zwei, drei neutrale Reservepakete zur überquellenden Deponie unter ihrem Schreibtisch, falls ein Schenker krank ausfällt. Natürlich würde sie das nie verraten, obwohl es schon bisweilen juckt zu sagen: „Schön, nicht? Das ist von mir!", wenn ein Kind ganz begeistert vor seinem „Ersatzgeschenk" sitzt. Die Lehrerin hofft, dieses Mal kein schwüles Parfüm aus „Sabines Schnäppchen-Shop" zu bekommen und auch keine Flasche Erdbeersekt, den sie vielleicht noch öffentlich probieren muss – mit Tränen in den Augen (aber nicht vor Rührung!).

Endlich ist es soweit. Die Kerzen leuchten, aus dem Recorder tönt stimmungsvolle Techno-Musik. Chips und Cola sind alle, und „Äpfel, Nüsse, Mandelstern", die der Klasse aus pädagogisch-kulturellen Gründen aufgezwungen wurden („weil schließlich Weihnachten ist"), kleben unangerührt auf den Tellern. Die „Reise nach Jerusalem" und andere kurzweilige Spiele liegen hinter uns. Sogar eine Weihnachtsgeschichte wurde zu Gehör gebracht: Ein studentischer Weihnachtsmann wiegelt die Kinder des Hauses zu Renitenz und Widerstand gegen den Konsumterror auf. Jaja, die 68er, keine Autorität war ihnen heilig, nicht mal der Weihnachtsmann.

Endlich Bescherung. Zwanzig Kinder halten ergriffen genau die gleiche Gangsta-Rap-CD in Händen, die gerade die Charts anführt. Sven-Jascha blättert missmutig im „guten Jugendbuch". Savannah erfreut sich am lieblos eingepackten Briefpapier. Özlem und Nilgün, die beiden Busenfreundinnen, strahlen. Sie haben ihre „Loszettel" vor der Feier so lange getauscht, bis sie sich wechselseitig ihre Wunschgeschenke überreichen konnten. Der Klassenlehrer sitzt etwas ratlos vor einem nicht billigen Sweat-Shirt, einem flauschigen Badelaken und einer Flasche Marken-Rasierwasser. Das übersteigt ganz heftig die vereinbarte Preisgrenze und auch die Beamten-Geschenke-Verordnung.

Gleich anschließend muss er diese milden Gaben diskret und sehr einfühlsam dem Mädchen zurückgeben, das ihn jetzt so erwartungsvoll beobachtet. Die blonde Klassenlehrerin hat ein Buch mit vielen neuen Blondinenwitzen bekommen. Nie wieder Julklapp! Warum kauft sich stattdessen nicht jeder selber etwas Nettes zu Weihnachten?

„Jawohl, euer Ehren!“

Eine Zeitung hat mich „gebeten“, etwas über Gerichtsshows zu schreiben. Schnapsidee. Soll ich meine karge Freizeit damit verbringen, schon nachmittags fernzusehen – und dann auch noch so was?

Am nächsten Tag befrage ich erst mal meine Schüler, die mir sofort und mit viel Freude Szenen aus diesen Fernsehshows vorspielen („Ich war das nicht, die Schlampe da drüben hat es getan!“) und sich erbittert streiten, welche Sendung die beste ist. Mit großem Energieaufwand kann ich sie wieder zurück zur Ringparabel zwingen. Nachmittags finde ich im Fernsehprogramm auf Anhieb sechs Gerichtssitzungen. Ich habe gar nicht gewusst, dass die ganzen Talkshows ihren Platz namhaften Richter/innen und Gynäkologinnen geräumt haben. Ich zappe eine Weile hin und her. – Faszinierend! Auch wenn ich nur eine Minute der jeweiligen Sitzung mitbekomme, weiß ich sofort, worum es geht. Manchmal laufen auf ARTE Filme, da weiß ich das nach anderthalb Stunden noch nicht.

Seither sehe ich jeden Nachmittag Gerichtsshows. Und wenn in der Schule eine lästige Konferenz dazwischenkommt, lösen meine beiden Videorecorder das Problem. Ich kann nicht mehr ohne „Jugendgericht“ und „Strafgericht“ mit ihren omnipotenten Vorsitzenden leben! Ich brauche meine tägliche Portion zwingende Autorität und überwältigende Menschenkenntnis!

Als ich vier Jahre lang Schöffin war, präsentierte sich das Gericht selten so aufregend. Ich hatte zwar mal eine rasante Richterin mit langen roten Krallen, wilder Lockenmähne und Minirock als Vorsitzende – aber die Verfahren waren in der Regel trocken und langweilig. Nie haben sich Zeugen und Angeklagte ordinär beschimpft. Nie outeten sich die wirklichen Täter ganz verblüffend im Zuschauerraum oder unter den Zeugen. Die Sitzungen dauerten Stunden und Tage und nicht überschaubare 15 Minuten mit Werbepause. Oft endeten sie unbefriedigend, weil der sichtlich vergnügte Täter freigesprochen werden musste. Es ging auch nie um wirklich interessante Dinge. Im Fernsehen schießt der pubertäre Sohn dem mütterlichen Liebhaber ins Bein. Die schizophrene Zeugin schreibt sich selber übelste Drohbriefe und bezichtigt eine harmlose Hausfrau. Ein leidenschaftliches Pärchen findet sich auf einmal heimlich gefilmt und auf einschlägigen Internetseiten wieder (Verstoß gegen das Kunst-Urheberrecht!). Erdkunde-Professoren treiben es mit ihren Studentinnen und werden dafür die Treppe hinuntergeworfen. Rothaarige Punkerinnen knacken Vatis Safe und beschuldigen arme Werktätige der Tat. Die vorgeladenen Damen zeigen kräftig Holz vor der Hütte, einen gepiercten Bauch oder heiße Lackstiefel. Egal, ob sie Schülerinnen, Verkäuferinnen oder Gewerbsmäßige sind. Wenn sie ausnahmsweise mal unattraktiv sind, haben sie dicke Brillen und ordentlich Eiterpickel im Gesicht, damit auch der letzte Zuschauer begreift: Hässliches Entlein rächt sich durch Rattengift.

Was haben sich meine Oberschüler früher gelangweilt, wenn ich sie ins Gericht geschleppt habe. Dabei war Strafrecht immer das einzige Thema, das sie wirklich interessierte! Aber im Gericht standen in der Regel nicht Mord und Totschlag auf dem Programm, sondern säumige Alimentezahlungen, Autofahrten im Suff und Kaufhausdiebstähle. Oft genug fielen die Sitzungen aus, weil irgendein Vorgeladener einfach nicht erschien. Wenn wir dann durchs Gerichtsgebäude hetzten, um einen anderen Prozess aufzuspüren, war der meist ermüdend und hatte außer ein paar nuschelnden Anwälten und schüchternen Angeklagten nur jede Menge Fachchinesisch zu bieten, das ich den Schülern hinterher ewig erklären musste. Vor allem frustrierte es sie regelmäßig, dass es keine Geschworenen gab.

Jetzt zeige ich im Unterricht einfach eine Gerichtsshow und kann den Kindern in kurzer Zeit wesentlich mehr vermitteln. Was uns dabei alle unglaublich befriedigt: Stets siegt das Gute. Das Böse wird immer ertappt, auch wenn es sich heimlich hinausschleichen will. Der weise Richter erkennt seine Schweine am Gang. Die Rechtsgelehrten können wie aus der Pistole geschossen ihre Plädoyers runterrasseln. Der Staatsanwalt ist erfrischend autoritär. Da wird nicht gepöbelt oder Kaugummi gekaut. Da wird ordentlich gesessen! Und in angemessenem Ton geantwortet! Das gefällt meinen Kindern außerordentlich gut! Wahrscheinlich vermissen sie es, dass ihnen mal jemand in der Schule präzise und klar sagt, dass sie sich gefälligst benehmen sollen.

Am besten finde ich persönlich es, dass der Richter jederzeit Ordnungsgeld verhängen kann, wenn ihm jemand blöd kommt. Das praktiziere ich mit gutem Erfolg auch in meiner Klasse. Wer stört, quatscht oder mit Ausdrücken um sich wirft, zahlt in die „Gerichtskasse". Auch stehen die Kinder jetzt respektvoll auf, wenn ich in der Tür erscheine. – Sorry, gerade hat das „Familiengericht" begonnen.

Liebe Frau Minister

Ich schreibe dir, weil ich Angst um meine Zukunft habe. Ich gehe im „Bildungsland Nr. 1" in die 4. Klasse und habe nur lauter alte Lehrerinnen. Sogar in Sport. Deshalb müssen wir immer Softball mit den blöden Mädchen spielen und Teamfähigkeit üben. Mein Vater meint, dass damit schon die ganze gesellschaftliche Misere beginnt. Er hat mir erklärt, dass du eine sehr wichtige Frau bist, wenn es um Schule und Bildung geht. Meine Eltern lesen sich beim Frühstück immer begeistert aus der Zeitung vor, was du wieder Bedeutendes gesagt hast. Aber heute waren sie gar nicht so entzückt wie sonst. Unsere Putzfrau hat nämlich die BILD-Zeitung liegen gelassen und da stand ganz groß: Lehrerinnen machen Schüler dumm!!! Du hast auch was dazu geschrieben: Die Jungen würden dramatisch hinter die Mädchen zurückfallen. Ich musste sofort zu einem Intelligenztest: Mein Quotient ist seit der dritten Klasse um fünf Punkte gesunken! So komme ich natürlich nie auf ein Elite-Internat. Mein Vater hat sich sofort beim Schulamt beschwert, weil ich keine einzige männliche Lehrerin habe. Was ist mit meinem Ticket in die Zukunft, wenn mir die Vorbilder fehlen? Die Dame vom Amt hat säuerlich angemerkt, dass man als Vater durchaus auch eine Vorbildfunktion wahrnehmen könnte. Er solle mal in seinem Erziehungsvertrag nachsehen. Und vielleicht müsste ich für meinen IQ einfach mehr lesen und nicht soviel am Computer rumsitzen. Mein Vater hat sich jegliche Einmischung in seine Erziehungsarbeit verbeten und weitere Schritte angedroht.

Seither will er immer ganz genau wissen, was in der Schule so läuft. Er lässt sich von Merve, meiner Klassenkameradin, die Arbeiten zeigen und vergleicht sie mit meinen. Einmal hat unsere Deutschlehrerin bei mir zwei Fehler mehr angerechnet.

„Na bitte", hat mein Vater gesagt, „nur weil er ein Junge ist und nicht so ordentlich schreibt!" Sein Rechtsanwalt hat alles kopiert, er braucht Beweise für seine Musterklage.

Die Lehrerinnen in meiner Schule reagieren sehr eigenartig, wenn ich mich auf deine weisen Worte beziehe. In der letzten Mathestunde habe ich z. B. gesagt, dass ein Mann von seinem Gehirn her meinen Lösungsweg besser verstehen könnte als eine Frau. „Ich habe doch nur eine Fünf bekommen, weil Sie jungenfeindlich sind! Ich schicke Ihnen mal meinen Vater vorbei!" Die Mathelehrerin ist weinend aus der Klasse gerannt und hat im Flur zur Schulleiterin gesagt: „Die kleinen Klugscheißer haben wir nur der Ministerin zu verdanken!" Sie hat gefragt, warum eine einzelne Frau einen ganzen Berufsstand öffentlich verunglimpfen dürfe. Generationen würden durch diesen „popelistischen" Schwachsinn geprägt. Die Schulleiterin hat geknurrt: „Unsinn wird dadurch nicht wahrer, dass er ständig wiederholt wird!" Hat sie etwa dich damit gemeint? Du willst doch der Schule und uns Jungen nur helfen!?

Meiner Klassenlehrerin habe ich vorgeworfen, dass sie mit daran schuld ist, dass der Turm von PISA immer schiefer wird. Ich weiß zwar nicht, wie sie das macht, weil sie ganz klein und zierlich ist, aber wenn du das in der BILD-Zeitung schreibst, wird es schon stimmen. Politiker lügen schließlich nicht.

Die Sportlehrerin hat mir spöttisch empfohlen, später Grundschullehrer zu werden, wenn ich mich als Junge so benachteiligt fühle. Aber Lehrer will ich nicht werden, ich bin doch nicht blöd!!

Ich werde später Politiker, da hat man viel Freizeit. Wie könntest du sonst all die klugen Interviews geben? Im Bildungsministerium muss es echt cool sein. Meine Patentante, eine Berufsschullehrerin, ist immer ganz neidisch. Die Politiker würden sich dumm und dämlich verdienen mit ihren fetten Gehältern, ihren Beratertätigkeiten, heimlichen Spendengeldern und Talkshow-Auftritten. Aber darüber würde in den Zeitungen natürlich nichts stehen. Wenn Frau Minister erscheint, katzbuckeln alle Journalisten vor Ehrfurcht, sagt meine Tante. Sogar ihr eigener Schulleiter fängt an zu stammeln, wenn das Kompetenzteam aus der Regierung am Sumpf des pädagogischen Alltags vorbeidefiliert und zukunftsweisende Worte absondert. Die ganze Arbeit erledigen angeblich Referenten und Sekretäre. Die meisten Minister hätten kaum eine Ahnung von ihrem Fach. Woher sollten sie auch alles über Bundeswehr, Finanzkrisen und Hühner-, geschweige denn, Schülerhaltung wissen? Den Job des Bildungsministers wolle ohnehin kaum einer freiwillig machen. Da würden die landen, die von ihren Parteien noch irgendwie untergebracht werden müssen. Aber das glaube ich nicht!

Liebe Frau Minister, was soll nur aus mir werden mit all diesen feministischen Lehrerinnen? Bitte, bitte, schick ganz schnell viele junge Männer in die Schulen, die für weniger Geld mehr Arbeit machen. Wir Jungen wollen richtig Fußball spielen und ordentlich raufen und nicht immer nur still in uns hineinhören und erzählen, wie es uns damit geht.

Dein Kevin LeeRoy

Zurück zur Natur

Ach, das ist richtig schön für Kinder! Die Tiere, die Natur!", seufzt der ältere Herr am Ziegengehege. Sein Blick weilt mit Rührung auf meiner 7. Klasse, die an diesem Wandertag genötigt wurde, ein Landgut mitten in der Großstadt aufzusuchen. Die Generation von Cyberspace und Internet soll sich Kühe und Schafe ansehen! Igitt, wie die riechen!

Im Museum des Ritterguts aus dem 13. Jahrhundert ging es so halbwegs. Da war die Luft noch rein und das Kuheuter nur aus Gummi, und man konnte versuchen, den schwarzen Latex-Zitzen einen Becher graues Wasser zu entlocken. Bei der Effektivität meiner melkenden Schüler würde die Kalziumversorgung in der Bundesrepublik allerdings zum Erliegen kommen.

„Was ist der Unterschied zwischen Bulle und Ochse?", will der feingeistige alternative Landgutführer wissen. „Dem Ochsen ham'se die Eier abgeschnitten!", bricht es aus Max heraus, und der Referent schluckt ein wenig, bevor er bestätigend nickt. Auch die anderen Antworten, die meine Kleinen geben, lassen mich nach Fluchtwegen Ausschau halten. Welche Nutztiere gibt es auf Bauernhöfen? Ja, Kaninchen, Esel, Pferde, Schaf – alles richtig. Nein, Hamster eher weniger. Elche und Giraffen auch nicht. Was baut der Bauer an? – Bananen?? Hanf?? Glücklicherweise unterrichte ich Deutsch in dieser Klasse – und nicht Biologie.

Nach einem viel zu langen Vortrag über moderne Landwirtschaft geht's in den Pferdestall. Kein Ross weit und breit, nicht die Spur von Pferdeäpfeln, aber so ein ganz leiser Dunggeruch liegt in der Luft. Die ersten vier Kinder weigern sich verstört, den Stall zu betreten. Joshua wird spontan schlecht, er wechselt innerhalb von Sekunden zu käsig-grünlichem Teint und krümmt sich vor Ekel. Diesen Trick muss er mir unbedingt verraten, wenn wieder mal eine stinklangweilige Gesamtkonferenz dräut. Joshua darf *vor* dem schrecklichen Gebäude warten. Die anderen Schüler im Pferdestall leiden demonstrativ und müssen sich von der fiesen Lehrerin auch noch anhören, dass es in den Sportumkleideräumen nach Fußballspielen viel schlimmer stinkt.

Und nun der Hühnerstall. Der Bio-Landwirt stellt es so hin, als sei der Besuch eine Belohnung. Nur leise Kinder dürften in den Stall – und auch nicht alle auf einmal. Sofort bricht lautes Geplapper und Gelächter aus, die halbe Klasse „muss" draußen bleiben. Im Stall ist es extrem sauber, es riecht ein bisschen nach Trockenfutter. Aber die Kinder strömen hustend und würgend zum Ausgang, mit ihrem Schal als Atemschutz, weil es so widerlich müffelt. Die Auto-Abgase und Industrie-Emissionen in ihrem Innenstadtkiez sind viel angenehmer und gesünder!

Das alles weiß der nette alte Mann am Ziegengehege nicht, als er mit Wohlwollen auf meine Schüler schaut, die sich gerade von all dem ausgestandenen Schrecken erholen. Und dann liegt da ein riesiges Schwein auf der Wiese, das gibt den muslimischen Kindern den Rest. Obgleich der Landwirt lang und breit erklärt, dass Schweine eigentlich die saubersten Nutztiere seien, weil sie nicht in ihr eigenes Futter machen und schon gar nicht darin schlafen.

Zum Glück wissen sie nicht, die armen Kleinen, dass sie zu allem Überfluss noch in den nahe gelegenen Wald wandern. Wir Lehrer ahnen allerdings auch nicht, dass sich in den lauen Lüften die ersten Libellen und Fliegen zum Sturzflug sammeln. Schreiend rennen meine zart besaiteten Großstadtkinder ins

Unterholz und verlangen, auf der Stelle nach Hause begleitet zu werden. Sogar Deutschunterricht würden sie lieber in Kauf nehmen als diese schwirrenden Ungeheuer. Mandy erzählt Schauergeschichten von kriminellen Wildschweinen, die harmlosen Wanderern auflauern. Ein Krähenschwarm im Baum lässt weiteres Ungemach ahnen. Die schwarzen Vögel sammeln sich wahrscheinlich gerade zum Großangriff. Als sich die ersten Schülerinnen schmerzhaft in mir verkrallen, weil ein zwergwüchsiger Hund – herbeigelockt durch ihr Gekreische – an ihnen schnuppern will, gebe ich auf. Ich löse die verkrampften Kinderfinger von meiner Jacke und spreche tröstende Worte. Und dann nichts wie ab in die U-Bahn, rein in die dunklen Fahrschächte, zurück zu Asphalt und Beton, wo es nicht nach Huhn und Schwein riecht, niemand schnaubt und wiehert, sich keine Libellen am Hals festsaugen und kein Mörder-Keiler im Gebüsch wartet.

Schöne Tiere. Wenn sie nur nicht so stinken würden!

Zeugnisse aus dem Computer

Willst du deine Zeugnisse etwa mit der Hand schreiben?“ Der Kollege ist fassungslos, als er mich im Sekretariat nach Formularen suchen sieht. „Es gibt ein fantastisches Computerprogramm. Damit kann man so viel machen!“ Fehlzeiten und Verspätungen der Schüler als dreidimensionale Schaubilder darstellen. Die Klasse nach Sternzeichen, Schuhgrößen, Musik-Noten und Gewicht sortieren. Zeugnisse schreiben kann man damit auch.

Das Programm kommt durchs Internet auf meinen Computer und ist leicht zu bedienen. Man kann spielend alle Schülerdaten eingeben, speichern und jederzeit zufrieden betrachten. Als ich drei Wochen vor dem Ernstfall ein Probezeugnis ausdrucken will, beginnen die Scherereien. Das Dienstsiegel und der Berliner Bär stehen auf dem Kopf. Will mein Computer damit auf politische Miseren aufmerksam machen? Drei Tage brauche ich, um den Zeugniskopf richtig herumzustellen. Mein Drucker ist einfach zu neu. Man muss ein älteres Gerät installieren, dann macht der Berliner Bär keinen Kopfstand mehr. Gar kein Problem für eine Fachfrau …

Beim nächsten Probedruck erscheint auf dem Zeugnis statt meiner Unterschrift der Name Micky Maus. Vermutlich wird das meiner peniblen Schulleiterin auffallen. Ich wende mich an den Hersteller. Der schickt mir per eMail die korrekte Programmversion. Allerdings geht die beim Herunterladen in meinem unergründlichen Computer verloren. Ich finde sie in keinem Verzeichnis.

Mein Sozialpartner installiert alles neu. Ich habe ja die wichtigen Daten auf einer Sicherheitskopie: die Zensuren, die ausgefeilten

Zeugnisköpfe, die versäumten Schulstunden. Nur leider verweigert der Computer jegliche Mitarbeit, als die Daten zurück auf die Festplatte sollen. Er speichert nicht, er will nichts anzeigen und auch nichts ausdrucken. Sieben Stunden lang probiere ich es immer wieder, dann wecke ich leise weinend meinen Partner. Der knurrt im Halbschlaf: „Hast du den Stecker drin? Ist Papier eingelegt?" Dann probiert er gähnend einige Tastenkombinationen. Nichts tut sich. Er löscht das ein oder andere Programm: „Das brauchst du sowieso nicht, das nimmt nur Platz weg." Er verschwindet unter meinem Schreibtisch, wo er leise murmelnd Kabel sortiert. Aber auch der beherzte Einsatz meines Partners bleibt erfolglos.

Die Hotline einer bekannten Computerfirma unterhält uns längere Zeit mit beruhigender Musik. Endlich zwitschert eine Mitarbeiterin, sie seien leider, leider nicht zuständig. Ich solle mich an den Hersteller des Druckers wenden. Selbiger diagnostiziert aus der Ferne Virenbefall und verkauft mir ein entsprechendes Reparaturprogramm. Trotzdem verkündet mein Computer weiterhin schadenfroh: „Schwerwiegender Systemfehler."

Der Zeugnistermin rückt näher. Ein Freund und angeblicher Experte wird eingeladen und bewirtet. Er gibt genüsslich seine Feinschmeckererlebnisse aus der Toscana bekannt („Geeister Affenhintern im Dialog mit Wachtelbrüstchen"), bevor er ein paar nutzlose Computertipps verrät. Der besserwisserische Nachbar wird eingeschaltet. Mein achtjähriger Neffe wird konsultiert. Stundenlang ergehen sie sich in Vermutungen, Versuchen und technischen Verwicklungen. Aber nichts hilft. Ich habe in der letzten Woche vier Kilo abgenommen. Meine Schulleiterin spricht nicht mehr mit mir, weil ich ihr die Zeugnisse nicht pünktlich zur Unterschrift vorgelegt habe.

Drei Tage vor der Zeugnisausgabe komme ich aus der Schule heim und finde im Vorgarten meinen Drucker und meinen Rechner. Völlig zertrümmert. Mein Partner hat die mechanische Schreibmaschine aus dem Keller geholt. Daneben liegt die Kontaktadresse einer Selbsthilfegruppe für Computergeschädigte …

Endlich Ferien

Die letzte Schulwoche. Die lieben Kleinen quälen sich mit einer schwierigen Klassenarbeit, die ich sowieso nicht mehr korrigieren werde. Ich stelle derweil die Liste zusammen, was ich alles in mein finnisches Ferienhaus mitzunehmen gedenke. Seit PISA ist Finnland der Renner. Wir haben nur noch eine Nissenhütte (mit Außenklo) an der russischen Grenze anmieten können, alles andere war ausgebucht. Aber das wird ein preiswerter Alternativurlaub, man kann ja nicht immer nur ins eigene Chalet im Wallis oder in die Toscana reisen. Das gesparte Geld werde ich in Tanker, Aktienfonds und Einkaufszentren investieren, wie es mir Werbebroschüren und Call-Center ständig empfehlen.

Meinem Lebensabschnittsgefährten schicke ich per SMS die nötigen Handlungsanweisungen: Route ausarbeiten, Kartenwerk überprüfen (er nimmt so gern Landkarten aus den sechziger Jahren mit und wundert sich dann, dass die Ausweichstraße mitten im Wald aufhört), Kompass und Taschenlampen besorgen, Reiseapotheke zusammenstellen. Leider stören mich die Schüler ständig mit ihren Zwischenfragen. Im Computerraum der Schule ersteigere ich im Internet noch schnell ein paar preisgünstige Gummistiefel, zwei Moskitonetze und einen Generator. Auch hierbei kann ich mich kaum konzentrieren, weil einige Kinder die literaturwissenschaftlichen Begriffe, die ich als Beschäftigungstherapie für sie zusammengestellt habe, angeblich in keiner Suchmaschine finden können. Die Unterrichtszeit zwischen den Schulferien ist wirklich lästig.

Am letzten Tag verteile ich die Zeugnisse. Dank des erwähnten Computerprogramms habe ich damit nur noch wenig Arbeit.

Die Zeugnisköpfe setze ich aus Versatzstücken zusammen, die Noten werden in Anlehnung an die Normalverteilungskurve ausgewürfelt, die Fehlzeiten schätze ich grob über den Daumen. Die Schüler küssen mir gerührt die Hände und überreichen mir die Geschenke ihrer Eltern: Einkaufsgutscheine, Parfüm, Champagner, Bestseller, ein Handy mit Kamera und eine Seidenbluse.

Nun können endlich die Ferien beginnen. Wobei sich eigentlich für mich nicht viel ändert. Morgens muss ich nicht ganz so früh aus den Pfühlen, aber ansonsten schwelge ich in Freizeit und Müßiggang wie sonst auch. Nicht nur Journalisten fragen sich, wozu Lehrer extra ausgewiesene Ferien brauchen. Nach den akribischen Berechnungen des Kabarettisten Volker Pispers „arbeiten" Lehrer ohnehin kaum acht Jahre ihres Lebens, wenn man die vergnüglichen Studienjahre, die lockere Ausbildungszeit, die endlosen Ferien, Wochenenden, Feiertage, Hitze- und Kältefreis, die „Fortbildungen" auf Teneriffa, Faulkrankheiten und Frühpensionierungsjahre mitrechnet. Aber jammern tun die Pädagogen, was das Zeug hält. „Lerne klagen, ohne zu leiden", sagt mein Nachbar immer, wenn er mir neue diffamierende Zeitungsberichte unter die Nase hält. Bestimmte journalistische und wissenschaftliche Spitzenkräfte schaffen es, in jedem Artikel über Schule und Lehrer ihre kindlichen Traumata oder ihre frustrierende Zeit als Elternvertreter einfließen zu lassen. Ich weiß, sie treibt die reine Missgunst auf mein schönes Leben. Aber warum mussten sie auch schlecht bezahlte Schreiberlinge oder einsame Uni-Professoren werden, anstatt wie ich und andere Lehrer ganz legal und hoch dotiert ihren sadistischen Neigungen im Klassenraum zu frönen?

Daheim schiebe ich erst mal all die Bücher, Hefte und Amtsblätter unters Bett. Kein Mensch wird jemals wieder danach fragen. Ich blättere pro forma im Fortbildungskatalog, den der Schulleiter mir ins Fach gelegt hat. Über Teamfähigkeit (TEAM = **T**oll, **E**in **A**nderer **M**acht's), Lerntagebücher, Gestalttherapie im Physikunterricht und Schulrecht für Anfänger. Es gibt auch tolle Tipps für den Lehrer persönlich: Wie bastle ich mir Neidkarten und Angstpuppen? Was schreibe ich auf meine tägliche „Okay-Seite"?

Interessanter sind die Fortbildungen im Ausland, natürlich während der Schulzeit. Wann sonst? Diesmal gibt es einen reizvollen Tauchlehrgang am Roten Meer. Den kann ich für meinen Russischunterricht allerdings nur begrenzt verwenden. Aber vielleicht wird er doch genehmigt? Ich kaue am Bleistift und kritzle in den Antrag: „Die Symbolik des Meeres im russischen Roman der Gegenwart in ihrer besonderen Relevanz für den Unterricht in der Sekundarstufe II". Zufrieden lege ich den Fortbildungskatalog unters Bett zum restlichen Schulkram. In die Ferien nehme ich immer ein Schulbuch mit, ich lese es zwar nie, aber es hat so etwas Professionelles. Diesmal packe ich „Die verkopfte Schule" ein. Die Autorin hat eine ganz wunderbare Tanzfortbildung gemacht, und seither weiß sie, wie wichtig es ist, sich in der Schule mit seiner Gesamtpersönlichkeit einzubringen, besonders mit der Wirbelsäule, dem Zentralnervensystem und den Füßen, die fest auf dem Boden der Tatsachen stehen und sie im Leben vorwärts tragen.

Das Wichtigste darf ich vor der Abreise auf keinen Fall vergessen: Ich muss mir unbedingt die neuen Winterkataloge besorgen. Bald sind Herbstferien. Man hat als Lehrer so wenig Zeit, seine vielen Reisen ordentlich zu planen. Aber wozu sind Vertretungsstunden da?

Bibliografische Information der Deutschen Bibliothek:
Die Deutsche Bibliothek verzeichnet diese Publikation in der Deutschen Nationalbibliografie; detaillierte Daten sind im Internet über <http://dnb.ddb.de> abrufbar.

Titelbild: Jutta Bauer
Fotos: Eva Suchanek
Lektorat: Hans-Peter Schmidt

Herausgeber: Vito von Eichborn
Herstellung und Verlag: Books on Demand GmbH, Norderstedt
ISBN 3-8334-5126-2